Los santos inocentes Miguel Delibes

無垢なる聖人

ミゲル・デリーベス

喜多延鷹訳

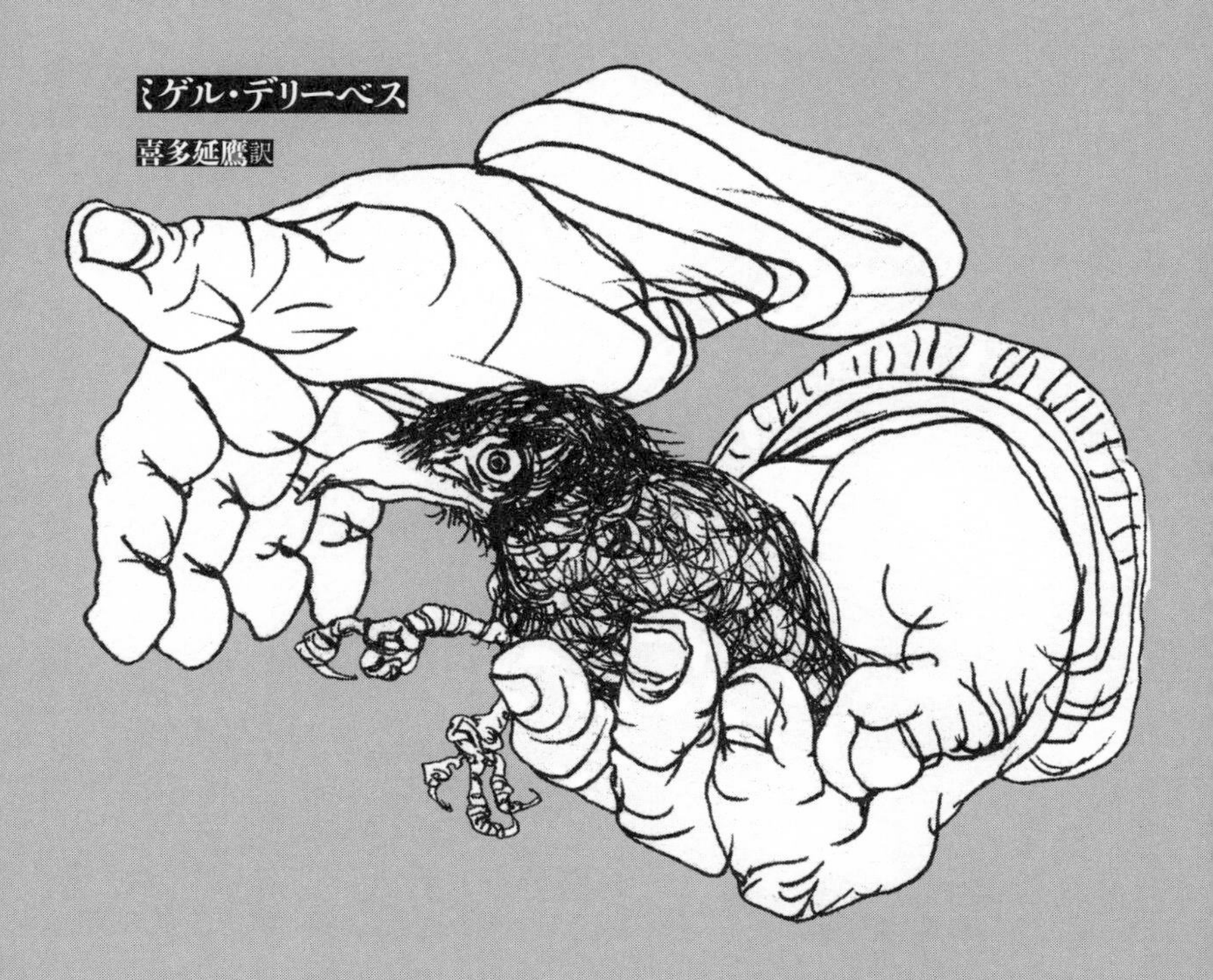

彩流社

無垢なる聖人

目次

わが友フェリックス・R・デ・ラ・フエンテを追想して

第一巻

アサリアス

妹のレグラは兄アサリアスの態度が気に食わない、それでよく口喧嘩になった、するとアサリアスは若様のいるハーラ荘園にぷいと帰って行った、レグラが気に食わない態度というのは、レグラは子供たちには教育を受けさせたいと思っているのに、兄は、それは間違いだと思っているからである、

そんな教育あったって、上品にも下品にもなれねえよ、と、少し鼻にかかった不明瞭な声で偉そうに言う、

だからといって、若様のいるハーラでは、この人は字が読めるとか、あの人は字が書けるとか、学があるとか、ないとか、アサリアスが何やらぶつぶつ呟きながら、あっちこっち裸足(はだし)でぶらついているとか、アサリアスのコールテンのズボンは膝のところに継ぎが当たっていて、前ボタンは掛かっていないとか、出し抜けに妹のところに出掛けるとかを気にする者は誰もいない、若様がアサリアスはどこだと尋ねると皆は答える、

妹のとこじゃないですか、若様、

若様は頑固者で、でんと構え、そんな知らせに動ずるでもない、例によって左肩を片方だけかすかに持ち上げるだけで問いただすでもなく、何かをつけ加えるでもなく、帰ってきたときも反応は同じだった、

アサリアスが帰ってきましたよ、若様、

若様はあいまいな微笑をうかべてそれでお終(しま)いにしてしまうが、一つだけ若様の気に障(さわ)ることがあ

る、それは、アサリアスが、自分は若様より一つしか年上ではないと言い張ることである、なぜかといえば、若様が生まれた時彼はもう立派な若者だったが、そんなこと思い出しもせず、いつも若様の一つ年上だと言い張った、それはブタ飼い・ダシオがある年の大晦日(おおみそか)の晩、飲んだくれた時、冗談でアサリアスは若様の一つ年上だと言ったことがアサリアスの頭の中にこびりついてしまい、

　お前さん、年いくつになったかね、

と人から聞かれるたびにいつも、

　若様よりまる一つ年上だよ、

と答えるようになった、しかしそれは悪気があってではなく、ウソをつくという楽しみによるものでもなく、単に稚気によるものだ、だから若様がそれに反発して否定したり、アサリアスをワルモノ呼ばわりするのは間違いであるし、当を得ていない、なぜならば、アサリアスは何も食べてなくとも口をもごもごさせて右手の爪をじっと見ながら、日がな一日荘園の中をぶらつくかと思えば、若様の自動車を黄色のフランネル雑巾で磨き、若様の自動車の空気栓がなくなったら困ってしまう、そんな日にそなえて、若様の友人たちの自動車のタイヤの空気栓を廻して外した、おまけに、アサリアスは犬の世話もした、シャコ猟犬、セッター犬、キツネ猟犬三頭を世話していた、夜半に野犬がカシの林で遠吠えしたり、荘園の犬たちがそれに呼応して騒いだりすると、アサリアスは優しく言葉をかけて宥(なだ)め、鼻の上をいつまでも揉(も)んでやって大人しくさせ眠らせた、夜明けの薄明かりとともに中庭に出る

と大きな伸びをし、表門の扉を開け、柵の金網で囲ってあるカシ林にシチメンチョウを放牧した、それから鳥かごの中の鳥糞のこびりついた止まり木から、肥料にするため、鳥糞を削（そ）ぎ落とした、それが済むとゼラニウムとヤナギに水をやり、ミミズク小屋を整えてやり、ミミズクの両耳の間を撫（な）でてやり、夜は夜で炉端の腰掛に腰を下ろしたり、人気（ひとけ）のない玄関ホールで一日がかりの猟で若様が捕ってくるヤマウズラ、ヤマシギ、キジバト、サケイなどの羽を毟（むし）り取り、獲物が多い時には、しばしば自分の飼っているミミズクのトンビちゃんのために一羽確保した、だからミミズクはアサリアスが現れるたびに黄色い丸い眼差しで彼を包み、戯（たわむ）れるように嘴（くちばし）をカタカタと鳴らし素直に愛情を表した、若様を含めて他の人には、まるで猫のように怒り、爪を立てて見せたが、彼だけは特別扱いだった、というのもカササギ〔カラス科の鳥、別名カチガラス〕、ノスリ〔タカ科の鳥、低空飛翔して主にネズミ類を食べる〕、鯉のいる池の端で、モチ〔モチノキなどの樹皮を突き砕いて作った粘り気の強い物質。捕虫、捕鳥に用いる〕で捕らえたスズメ五、六羽など、極上の旨（うま）いおやつをあげない夜は滅多になかったからである、アサリアスはミミズクに近付くたびに優しい作り声で言った、

かわいいトンビちゃん、かわいいトンビちゃん、

そしてミミズクの額を撫でてやり、薄くなった歯茎を剝（む）き出（だ）しにして、ミミズクに微笑んだ、そして、若様やお嬢様、若様の男友達、お嬢様の女友達が、シェルターに身を隠して、その間から鉄砲を出してワシとかコノハズク撃ちに興じている時、アサリアスは囮（おとり）にされるトンビちゃんを岩の上の高いところに縛り付ける破目になったが、トンビちゃんの右足の周りに赤いフランネルを巻いてやり、

鎖が直接トンビちゃんの足に当たって痛くないようにしてやった、若様やお嬢様、若様の男友達、お嬢様の女友達がシェルターにじっと隠れている間、アサリアスは高い見張り場の木の下の草原にしゃがんで、まるで緑の若葉のように震えながらトンビちゃんを見張っていた、銃声を聞くのは辛かったが、乾いた発射音が聞こえる度に震え上がり、目を瞑（つぶ）った、目を開けると、またミミズクの方を見た、ミミズクが岩場で、挑むように自らを盾に無傷でぴんと立っているのを見た時、アサリアスはトンビちゃんを誇りに思った、感動すると心の中で独り言を言った、

　かわいいトンビちゃん、

　そしてトンビちゃんの両耳の間を撫でてあげたいという激しい衝動に駆られた、若様、お嬢様、若様の女友達、お嬢様の男友達が、ノスリやコノハズク殺しに飽きて欠伸（あくび）をし痺（しび）れをほぐしながら、坑道の出口から出るようにしてシェルターから出てくると、すぐさまアサリアスはもぐもぐと何かを噛むように顎を上下に動かしながらミミズクに近付く、するとミミズクはまるでクジャクのように得意満面になる、アサリアスはミミズクに微笑み、

　ちっとも臆病（おくびょう）じゃなかったぞ、トンビちゃん、おまえはえらい、

と言った、

　そして額を撫でて褒（ほ）めてやり、それから、やおら地面に撃ち落されたワシを一羽ずつ拾う、それを獲物棒に引っ掛けるとミミズクの鎖を入念に解（ほど）き、大きな木の篭（かご）にミミズクを入れて肩に担ぐ、若様、

お嬢様、若様の男友達、お嬢様の女友達は、仲間内のことをとりとめもなくおしゃべりし、笑いながら疲れた足取りでゆっくりゆっくりと遥か後ろの細道を歩いてくる、アサリアスはそんな彼らを待たず、荘園への道をすたすたと歩いて行く、荘園に着くと、すぐさまアサリアスは玄関の太い梁(はり)に獲物棒を吊るす、夜になると中庭の砂利の上にしゃがみ込んで、石油ランプの白い光の下、一羽のノスリの羽を毟り取り、それを持って小屋の窓辺にやってくると、声を太くしていちばん暗い音域を探すと、

　ウウウウー、

と唸る、

　一分もするとミミズクが、大騒ぎすることもなく綿毛のようにゆったりと柔らかく舞い上がり、格子窓のところまでやってくるとアサリアスのウウウウーの声に応(こた)えるかのように、死の世界からの反響のように、

　ウウウウー、

と唸り返す、すぐさまノスリに大きな鉤爪(かぎづめ)を引っ掛けて、見るまに黙々と食い尽くしてしまう、アサリアスは涎(よだれ)を垂らし微笑みを浮かべながらミミズクの食事を見ていた、そして呟(つぶや)く、

　かわいいトンビちゃん、かわいいトンビちゃん、

ミミズクの食事が終わるとアサリアスは車庫へと足を運ぶ、車庫には若様の女友達とお嬢様の男友達

が車を停めていた、不器用な手付きで根気よく自動車のタイヤの空気栓を回して外した、それが終わると、それを馬小屋の靴箱の中に入れた、靴箱には空気栓がたくさんしまってあった、地べたに座り、それを数え始める、

　イーチ、ニー、サン、シー、ゴー……

ジューイチまでくると、いつもその次は、

　シジューサン、シジューシ、シジューゴ……

と言った、その後裏庭に出て行くと、もう夕暮れになっていて、隅っこで小便をして、それを自分の手にひっかける、その手を振ってしばらく風に当てる、これは冬のアカギレの予防のためであった、それを毎日、毎月、毎年、ずーっと一生続けるのである、この几帳面な療法にもかかわらず、ある朝アサリアスはまるで夜中に誰かに骨を抜き取られたように、たるんでぐだーっとなって目を覚ました、そんな日は、鳥小屋の糞削ぎもせず、犬たちの食事も用意せず、ミミズク小屋の掃除もせず、野原に出て草の茂みやジンチョウゲの間に身を隠し、もし太陽が照り付けるような時はヤマモモの木陰で横になって休んだ、そこへ通りがかりのダシオが尋ねる、

　お前いったいどうしたんだい、アサリアス、

すると彼は、

　おれ、怠(なま)けの虫に取り付かれているんだよ、

と言った、このようにして何時間もじっと動かずに過ごした、もし若様がたまたま通りがかり、アサリアスに、

何ごとだね、あんた、

と声をかけようものなら、アサリアスは同じように答える、

怠けの虫に取り付かれているんですよ、若様、

と、動ずることなくジンチョウゲの根元やヤマモモの陰でじっと体を折るようにして腿(もも)をくっつけ、肘を胸にくっつけ、ツバを嚙み、お乳を吸う子犬のように、優しくぐるぐると呟き、空にくっきりと浮かぶ山並みの青緑の稜線、羊飼いの丸い小屋、コルサス丘（向こう側はポルトガル）、大きな亀がうずくまっているような形の岩場、沼地を目指して姦(かしま)しく鳴き声を上げながらぴん、い、と羽を張って飛翔するカンムリヅルや、子羊を引き連れてあちこち歩き回るメリーノ〔良質の羊〕母羊をじっと眺める、そんなところに牧童・ダマソが現れ、話しかける、

どうかしたのかい、アサリアス、

すると彼は、

おれ、怠けの虫に取り付かれてるのさ、

そして静かな時間が過ぎやがて便意が訪れ、ヤマモモの傍(かたわ)らか岩場の割れ目で排便する、気が楽になるとエネルギーが戻ってくるのだ、回復すると真っ先にミミズクの所に行って格子窓越しに優しく言う、

かわいいトンビちゃん、
こうしてミミズクは元気になって鉤の嘴をカタカタいわせて応える、やがてアサリアスは羽を毟ったハヤブサかカササギをミミズクにあげる、ミミズクがむしゃむしゃと食べている間を利用してアサリアスは馬小屋に行き、地べたに座ると箱の中のタイヤの空気栓を数え始める、
イーチ、ニー、サン、シー、ゴー、
ジューイチまでくるとその次は、
シジューサン、シジューシ、シジューゴ……
数え終わると、箱に蓋をして顎を上下に動かし意味不明の言葉をもぐもぐと口にしながら、じっと長い間右手の平べったい爪を見る、そして急に決心する、
おれ、妹のところに行ってくる、
そしてポーチのハンモックの上で、怠惰にうとうとしていた若様と顔を合わせた、
若様、おれ妹のところに行ってきます、
若様は左肩を微かに上げて、
ああ、いいとも、行ってこいよ、アサリアス、
こうして彼は妹のいる別の荘園に行った、妹のレグラは門扉を開けると、
どうしてまた、こんなところに迷い込んできたんかい、おまえさん、

アサリアスは、
子供たちは?
彼女は、
あれま、学校だよ、学校以外に行くとこないよ、
アサリアスはピンクの太い舌の先をちらっと見せるとまた引っ込めて、少しの間舌の味を味わってから、ぽつりと言う、
お気の毒だな、お前、学校行ったって上品にも下品にもなんねえよ、
レグラは、
あれま、あたし、あんたに意見なんか求めちゃいないよ、
しかし、日が落ちるとアサリアスは真っ赤な炭火を見ながら、うとうとと眠った、何も入ってない口をもごもごと動かした、ふと顔を上げると急に言った、
明日、若様のところに帰るよ、
夜明け前、天空にオレンジ色の光がさして、山々の稜線がくっきりと浮かび上がる頃には、アサリアスはもう間道を歩いていた、そして四時間後、汗をかき、お腹を空かせてはいたが、ルーペが門扉の掛け金を外す音を聞くより早く、始まる、
かわいいトンビちゃん、かわいいトンビちゃん、

と繰返し、ミミズクを離そうとせず、ブタ飼い女・ルーペにただいまも言わない、若様は多分ベッドでお休みになっていたのだろう、しかしお昼になって玄関に現れた若様にルーペは知らせた、
　アサリアスは午前中にこちらに帰ってきてますよ、若様、
　若様は眠そうな目を細めながら、
　わかった、
と言い、あきれた、それとも驚いたというように左肩を上げたが、早くもその頃にはアサリアスが鳥の糞削ぎを始めているのか、ミミズク小屋を水で洗い流してきれいにしているのか、中庭の砂利の上を木桶を引っ張って行くのかを、物音で聞き分けるのだ、このようにして一週間、二週間が過ぎ、春の兆(きざ)しが現れ始めたある日、アサリアスに変化が現れた、言葉で表現できないような緩慢な微笑みがアサリアスの唇に上っていった、太陽が沈むと、タイヤの空気栓の数を数えるかわりに、ミミズクを手にして、カシの林へ向かった、大きなミミズクはアサリアスの前腕の上にすっくと立ってじっと動かず、四方を見下ろし、暗くなるにつれて静かに軽やかに飛び上がり、たちまちのうちにネズミかアトリ〔スズメ目、アトリ科の鳥〕を爪に挟んでアサリアスのところに戻ってくると獲物を食べた、アサリアスは鳥の食事中、両耳の間をそっと撫でてやった、それから山の鼓動や雌キツネが雄を求める物悲しい吠え声や、サンタ・アンヘラ禁猟区のシカの交尾の唸り声も聞いた、そして、時々ミミズクに言った、
　雌キツネが大声上げてるぞ、トンビちゃん、聞こえるか？

ミミズクは黄色い丸い二つの眸でアサリアスに焦点を合わせた、眸は暗がりの中で鈍く光り、ゆっくりと耳を垂らすと、また獲物を食べ始めた、その昔、春の夜、エニシダの茂みでオオカミの不吉な遠吠えも聞いたが、電気工事の人たちが山腹に電柱を建て電線を引いてから、遠吠えはぷっつり途絶えてしまった、そのかわりに、一定間隔でモリフクロウ〔ヨーロッパ、中国に生息、フクロウ科の鳥〕の鳴き声が聞こえるようになった、そんな時は、ミミズクは大きな頭をすっくと立て耳を持ち上げた、アサリアスはそれに応じて微かに笑いを返し、音を立てず歯茎を見せ、くぐもった声で呟いた、

トンビちゃん、おまえモリフクロウが怖いのかい、明日おれ、モリフクロウを走らせに行ってくるんだぞ、

有言実行、翌日、夜がまだ明けやらぬうち、独りで眼前に山を仰ぎ見ながら、咲き乱れるゴジアオイやトウダイグサ、その他の山の草木を踏み分け、掻き分け進んだ、モリフクロウはアサリアスの上空で不思議な深遠の魅惑を見せるのだ、パニックによる一種の苛立ちのデモンストレーションである、アサリアスはゴジアオイなど雑草の茂る山の中に、しばしじっと止まって、自分の心臓の鼓動を聞く、少しの間気を鎮め呼吸を整え、それから声を掛ける、

エーッ、エーッ〔「ここだ、ここだ」の意。合図のかけ声。日本人の「おーい」に相当〕、

モリフクロウに大声で呼びかけ、そうして、耳を澄まして応答を待つ、月が雲の後ろから顔を覗かせ、周囲の景色はこの世のものとも思えない燐光に満ち、陰影を作る、アサリアスは、おかしいなと

いうように、手でメガフォンを作り、もう一度挑戦するように繰り返した、

　エーッ、エーッ、

すると二十メートル下、今か今かと待っていると、身の毛のよだつような唸り声が太いカシの木の間から急に聞こえてきた、

　ブーウッ、ブーウッ、

それを聞くとアサリアスは、時間の概念を失い、自分という感覚を失い、狂人のように悲鳴を上げ、エニシダ〔ヨーロッパ中心に分布するマメ科の低木〕を踏み、ヤマモモとコルクガシの下枝で顔を引っ掻きながら、走るのである、

モリフクロウは人の狂気には関知せず、ひたすら後ろから、木から木へ軽々と飛び移り、唸り声を上げ、笑い声〔モリフクロウは笑う鳥として、「問題の鳥三題」の中で著者が紹介している〕を上げた、その度にアサリアスの瞳孔が開き、鳥肌が立った、

そして小屋に置いてきたトンビちゃんを思い出した、なおも足を速めると、背後で、またモリフクロウは唸り、笑った、アサリアスは決して後ろを振り返らず、走りに走り、躓(つまず)き転(ころ)げ起き上がり、息を切らせながらようやく牧草地にたどり着くと、きょとんと驚いたブタ飼い・ルーペが十字を切り、

　お前さん、いったいどこに行ってたんだ、

アサリアスはいたずらを見付けられた幼児のように、ふふっと微笑む、そして、

　モリフクロウを走らせてきたのさ、

と言う、

ルーペは感想を述べる、
おや驚いた、それなんていう遊びかい、キリスト様みたいに引(ひ)っ掻(か)き傷だらけの顔になって、
しかし、アサリアスは早々と小屋の中を歩いていた、引っ掻き傷の血をフランネルで止め、恐ろしいように、どっきん、どっきん、と鳴る自分の心臓音を静かに聞き、口は半開き、宙に向って微笑み涎を垂らし、少し落ち着くと、身を屈めて音を立てずにそっとトンビちゃんの小屋に行く、そしていきなり中を覗き込み、
ウウウウー、
と唸った、ミミズクは窓の下枠のところまでひらひらと飛んできて、顔を傾(かし)げながらアサリアスの目を見る、アサリアスは自慢そうに鳥に言う、
おれ、モリフクロウを走らせてきたんだぞ、
ミミズクは両方の耳をすっくと立て、アサリアスの自慢を祝うかのように、嘴でカタカタと音を立てた、そして、彼は言う、
やつをうんと走らせてやったぞ、
そして、自分は荘園の塀で守られていることを感じながら、チチッと小声でこっそりと口を鳴らして笑い始めた、こんなことが繰り返され、春が去り、また春がめぐって、五月も過ぎたある晩のこと、小屋の柵に近付いて、いつものように、

ウウウウー、

と言った、しかし、ミミズクは呼び掛けに応じて近付いてこなかった、反応のないのに、おやっと思ったアサリアスは、もう一度、

ウウウウー、

とやってみたが、ミミズクは呼び掛けに応えなかった、アサリアスは、

ウウウウー、

また念を入れて三回目を試みたが、小屋の中は物音一つしなかったので、扉を押して、石油ランプに火を灯（とも）して見ると、ミミズクは隅っこの方で縮こまっていた、羽を毟ったカササギを見せても欲しがらなかった、アサリアスはカササギを地面に置いてミミズクのそばに座り、優しく翼を撫で、自分の体に近づけて暖めてやり、眉間（みけん）を撫でて優しく言った、

かわいいトンビちゃん、

しかし、鳥はいつもの刺激には反応しなかったので、ミミズクをワラの上に置くと、そこを立ち去り若様を訪ねた、

若様、トンビちゃんが病気です、熱がありますよ、

と若様に知らせた、

若様は、

どうしようもないよ、アサリアス、もう年寄りになったんだよ、新しいヒナを探してこなくちゃならん、

がっかりしたアサリアスは、

でも、他でもない、トンビちゃんのことですよ、若様、

若様は眠そうな目で、

鳥にかわりはないのだし、鳥であればいいんだろう、鳥であれば、どこが違うんだね、

アサリアスは哀願するように、

若様、アルメンドラル〔エクストレマドゥーラ県バダホス郡の小さな村〕のマジナイ師さんに知らせに行ってもよろしいですか、

若様は無表情のまま左肩を前に出すと、

マジナイ師だって、そんなもん、お前、高くつくじゃないか、アサリアス、たかが鳥一羽のことでマジナイ師呼ばなくちゃならないなんて、どうなってるんだね、

そして小言の後は大笑いになった、まるでモリフクロウのような大笑い、アサリアスはトリハダが立つ思いであった、

若様、そんなに笑わないで下さい、お亡くなりになった若様のご先祖の方々に懸けてお願いしますよ、

若様は、

おれ、自分の家で笑うこともできないのかね、

と言って、またモリフクロウのように大笑いした、笑いは段々大きくなった、お嬢様、ルーペ、ブタ飼い・ダシオ、ダマソと羊飼いのところの女たちと、玄関にいた者たちみんながいっせいにモリフクロウの集団のように笑った、そしてルーペは、

ぐうたらのアサリアスったら、あの臭い鳥のために泣いているのではないわ、

アサリアスは、

トンビちゃんが熱出してるのに、若様はアルメンドラルのマジナイ師さんに知らせに行かせてくれない、

それを聞いたルーペがまた大笑い、もう一つ大笑い、困ってしまったアサリアスは中庭の方に走っていき、小便をして、それを手にかけた、そのあと小屋に入り、地べたに座ると、大きな声を出して、しまってある空気栓の数を数える、これは自分を落ち着かせるためであった、

イーチ、ニー、サン、シー、ゴー、ロク、シチ、ハチ、キュー、ジュー、ジューイチ、シジューサン、シジューシ、シジューゴ、

それでようやく落ち着くのだった、そして頭に袋を被りそのまま眠ってしまった、こうして夜が明けると小屋の格子にそっと近付いて、試してみる、

ウウウウウー、

しかし応答はなかった、アサリアスはドアを押してみると、前の晩隅っこに置いたままのミミズクを見付けた、しかし硬くなって倒れていた、アサリアスは小走りしてそばにやってくると上着の胸元を開け、翼の端をつまんで懐に入れ襟（えり）を合わせると、かすれた声で言った、

　かわいいトンビちゃん、

しかしミミズクは目を開けず嘴をカタカタともさせず、何もしなかった、

それを見てアサリアスは中庭を突っ切って表門にやってくると掛け金を外した、その音で、ダシオのかみさんのルーペが出てきた、

　アサリアス、こんどは何を思いついたのかい、

アサリアスは、

　おれ、妹のところに行ってくる、

と言ってそのまま足早に行ってしまった、足の裏に砂利やハリモクシュク〔マメ科の植物、当たると痛い〕が当たっても、ものともせず鳥の死骸をそっと胸に支えながら、カシの林、エニシダの野原、谷合を越えて行った、アサリアスを目にしたレグラが言った、

　また、やってきたのかい、

そしてアサリアスは、

　子供たちは？

レグラは、
学校だよ、
アサリアスは、
家には誰もいないのか?
レグラは、
あれま、ニニャチーカ〔小さな女の子という意味。四肢・脳に障害のあるレグラの娘、本名はチャリート。両方使用されるが同一人〕がいるよ、
その時レグラはアサリアスが上着の胸のところを膨らませているのに目を留めると、上着の襟を開けた、鳥の死骸が赤いタイルの上に落ちて、レグラはヒステリックな声を上げた、
その腐った肉、早く家の外に出して、いうこと聞いて、
と言った、
アサリアスは大人しく鳥を拾って家の外の腰掛の上に置くと、また家の中に入ってきて、ニニャチーカを右腕に抱いてあやしながら出てきた、ニニャチーカは焦点の定まらない空(うつ)ろな目を向けた、そしてアサリアスはトンビちゃんの片方の足を摑み、左手に手斧を持った、レグラは言う、
そんなもん持ってどこいくのさ、
アサリアスは、
お墓つくって埋めるんだよう、

その時、ニニャチーカが血も凍るような痛々しい呻き声を上げた、その声は長々と続いた、しかしアサリアスは動揺しなかった、丘の斜面の裾までくると、女の子をゴジアオイ〔常緑小低木、太陽が午（昼）時になると咲くので午時（ゴジ）。葵に似ている。南ヨーロッパではごく一般的な花〕の茂る涼しいところに置き、上着を脱ぐと素早くコルクガシ〔主産地はスペイン・ポルトガル、樹皮からコルクが採れ、木の実のドングリは豚の飼料になる〕の根元に深い穴を掘り、中に鳥を置いて手斧で泥をかけて穴を埋めると、盛り土の墓をじっと見ていた、足は裸足、ズボンの膝には継ぎが当たっていた、口は半開きだった、やがて瞳をニニャチーカの方に向けた、ニニャチーカの頭は首の関節が外れたようにだらんと傾き、目はトロンとして、両目は定まらず、それぞれ異なる方向の虚空を見ていた、アサリアスは屈んで女の子を腕に抱えた、掘った跡の泥のそばの斜面の縁に座り、女の子をひしと抱き寄せると呟いた、

かわいいトンビちゃん、

右手の人差し指で女の子の頭の後ろの髪の毛をいつまでも撫でていた、無感覚の女の子はされるままになっていた。

第二巻

ちび・パコ

みんながずーっと同じ荘園でいっしょに暮らしていたら多分事態は違っていたかもしれないが、警備長・クレスポは、アベンドゥハル荘園ラーヤ辺境地の境界線で起こるかもしれない不測の事態に備え、早期に誰かを見張り役にあてたいと思っていた、そんな時、貧乏クジに当たって命令により現地に赴任することになったのはちび・パコだった、命令なら場所はどこへでも行かねばならない、だから警備長・クレスポに困惑したわけではない、困惑したのはどこへ行っても同じだっただろうが、ニニャチーカのチャリートのことで、子供たち、学校、学校の子供たちに困惑した、子供たちみんなはチャリートのことを子供流にニニャチーカ〔小さい女の子〕と呼んでいたが、実際には大きい女の子になっていた、

かあちゃん、なぜチャリートはお話しないのかい、

チャリートはどうして歩かないの、おかあちゃん、

チャリートは、なぜオムツ汚すのかい、

子供たちはいつもこんな質問をするのだが、レグラか、ちび・パコ、または二人は声を揃（そろ）えて、

チャリートはね、とても小さいからね、

と答えた、なにか返事をしないといけないなら、他に返事のしようがないのだ、しかしちび・パコは、子供たちが少しは物の道理をわきまえてくれればいいのにと思った、コルドビーリャのアラビア人のハシムは、子供たちに教育を授ければ貧乏から脱出できると断言した、そこで侯爵夫人（マルケサ）〔荘園のオーナー〕の肝（きも）いりでこの荘園から文盲をなくそうと、三年に亘（わた）って毎年夏の間だけ、町から教養ある若様先生二

人に来てもらって、一日の労働が終わったあと、牧夫たち、ブタ飼いたち、作男たち、ラバ飼いたち、警備員たちみんなに表の囲い場のポーチに集まってもらい、むきだしの石油ランプの下、アブ、蛾が周りをぶんぶん飛び交う中、一つ一つの文字を教えてもらい、文字と文字同士の神秘に満ちた結合、つまり言葉というものを教えてもらうことになった、牧童たち、ブタ飼いたち、作男たち、ラバ飼いたちは先生たちが尋ねると答える、

BとAがつながってBA、バーです、

CとAがつながってCA、サーです、

すると町の若いガブリエル若様先生、ルーカス若様先生は間違いを正し、間違いを犯しやすい点を説明してみんなに言う、

いいえ違います、CにAが繋がればカー、CにIでスィー、CにEでスェー、CにOでコーになります、

ブタ飼いたち、ヒツジ飼いたち、作男たち、警備員たちは困惑してしまい、お互い私語を交わした、そんなのないよな、どうやら先生は冗談を言っておいらをかつぐのが好きなんじゃないかな、

しかし、大きな声で言う勇気はなく、ある晩のこと、初級グループのちび・パコはブドー酒を二杯きゅーっと空けると意を決し、平らな鼻の穴（イバン若様の話では、機嫌のよい日には、そこから脳ミソが見えるということだ）をほじくりながら背の高い方の額のはげ上がった若様先生に尋ねた、

ルーカス若様先生、どうしてそんな気まぐれなことになるんですか、

ルーカス若様先生は突然笑い出した、豪快な笑いになり抑制が効かなくなった、ようやく少し鎮まった時、ハンカチを取り出して目を拭いながら言った、

それは文法だよ、いいかね、理由は学士院（アカデミア）の偉い先生方に聞きなさい、

そしてそれ以上説明しなかった、しかしよく考えるとそれは序の口に過ぎなかった、ある午後、Gの字の説明のところにきてルーカス若様先生はみんなに言った、

GにAが付くとガーになります、しかしGにIがつくとヒーになります、笑い声の、ヒーッです、

ちび・パコは、怒ってしまった、

そんなこと無茶な話ですよ、みんなはそれは無知な者ばかりですよ、でもバカじゃありませんよ、どうして、EとIはいつもそんなにひいきされているんですか、

ルーカス若様先生は腹を抱えて笑い返し、大笑いになって、ひくひくと引きつるように笑った後、元の調子を取り戻し返事をした、

自分は未熟者です、どうしようもありません、これは文法の決まりで、自分ではこの文法の決まりをどうすることもできません、もし納得できないなら、最後の手段として、学士院（アカデミア）の偉い先生方に手紙を書いて尋ねて下さい、自分は決まったことを掘り下げることなく、そっくりそのまま皆さんにお伝えしているだけです、それ以上細かいことをいうつもりはありません、

でも、ちび・パコにはこのマトハズレは不快なことであった、ある晩黒板に大文字のHを丁寧に書くと、そのあとで皆の注意を引こうとルーカス若様先生がパンパンと手を叩いて、静かにと言った時、パコの立腹は頂点に達した、ルーカス若様先生は言った、

　この文字には十分注意して下さい、この文字は他に類のないケースです、皆さん、つまりこの文字は無声です、

ちび・パコは心の中で考えた、そうだ、みろ、チャリートみたいだ、ニニャチーカのチャリートは押し黙ったまま、話したこともない、パパとかママとも言わないし、時々悲愴（ひそう）な呻き声を上げては家中、いや家の礎石まで悲しませる、だがルーカス若様先生の説明にブタ飼い・ファクンドは、汚れた大きな手を大きなお腹の上で交差させて言った、

　無声ということの意味はなんですか、よく考えてみて下さい、ほかの文字だって、もしわしらが文字に声を貸してあげなければ、自分からは話しませんよ、

初級担当の背の高い額のはげ上がったルーカス若様先生は、

　音を出さないということですよ、えーと、文字が何もないのと同じです、重要性がないのです、

ブタ飼い・ファクンドは、修道院長のような態度を崩さず、

　これは、ちゃんとした一つの文字じゃないですか、じゃ、重要性がないなら、なぜ、その文字を書くんですか、

ルーカス若様先生は、

美学の問題です、

ようやく、ブタ飼い・ファクンドは納得した、

これは、ひとえに言葉を飾るためだけ、次に続く母音が見捨てられないようにするためだけなのだ、しかし、このことはいえるぞ、その文字を置くべき箇所に置かなければ文法上混乱をきたす、ということだ、

ちび・パコは混乱してますます困ってしまった、翌朝、雌馬に鞍(くら)を置き、自分の仕事になっている耕作地境界線見回りに行った、ルーカス先生に文字の勉強を教わってからすっかり自分が変わってしまい、物思いに耽(ふけ)るようになり、他のことを考えられなくなってしまった、疾走して荘園を離れるとやがて馬から降り、ヤマモモの木陰に座って沈思黙考した、いろいろな考えが頭の中でサクランボのようにあちこちと絡まり合った、小さな石ころにぶつかると白い石ころはEやIになり、灰色の石ころはA、OやUになった、そしてその時、他の文字と組み合わせるとどんな音声になるのかなといろいろ複雑な組み合わせを作ってみたがわからなかった、夜になりワラ布団に入ると文法問題はそっちのけ、レグラに迫っていった、レグラは、

静かにしてよ、パコ、ロヘリオが眠れないよ、

それでもちび・パコが求め続けていると、レグラは、

あれま、あのー、静かにして、もうそんな年じゃないよ、

突然、ニニャチーカの痛ましい呻き声が響き渡り、パコはへなへなとなり、考えた、自分はHの字のように役に立たない無声の女の子が生まれてくるような、何か不幸の素をお腹の底に持っているのではないだろうかと、幸いにして、もう一人のニエベス〔雪の意味。日本でいえば雪子さんに相当〕は利発な娘だ、もともと彼は、雪のように、というそんな白い名前を付けることには反対だった、血色が悪く、栗毛の自分の子供にはニエベスは似つかわしくない、それよりも、お祖母さんの名にちなんでエルミニアとか、少なくとも、ニエベス以外の名前を付けたかった、しかしその夏、天罰のように太陽が照りつけた、ペドロ技師さんも言ったが、気温は夜でも三十五度を下らない、なんと暑いのだ、こんなに暑かった年など思い出せないな、これじゃ、鳥も焦げてヤキトリになってしまうな、内に熱を貯めていたレグラは呻いた、

ほんとに暑いよ、いやんなっちまう、昼も夜もそよ風一つ吹かないんだから、

ヘラのように平らに押しつぶされた右手の親指の指骨だけで棕櫚のうちわを動かして、けだるそうに少し扇ぐと、

これはきっと何かの天罰だよ、パコ、雪の聖女様に、罰を止めて下さるようお願いに行かなくちゃ、

しかし、暑さは止まらなかった、そんなある日曜日、誰にも何も告げずにアルメンドラルのマジナイ師の所に行って帰ってきたレグラはパコに言った、

パコ、マジナイ師さんがあたしに言ったよ、このお腹の子が女の子だったら、ニエベスという名前にしなさい、決して逆らってはなりません、逆らうと赤ん坊に痣が出てくるよって、
パコは、ニニャチーカを思い出して同意した、
それでいいよ、ニエベスにしよう、
ニエベスはハナタレ少女の時から障害児の汚したものをきれいにし、おむつを洗った、その当時彼らはアベンドゥハル荘園のラーヤ辺境地にいたので、ニエベスは慈善協会の学校にも行かなかったので、毎朝ちび・パコが馬に鞍を置く前に、娘にBとAでなんというか、CとAで、CとIでなんというか教えていた、少女はとても利口者だったので、Zの文字のところにくると父に言った、
ZにIが付いてスィーですよ、
と、よどみなく答えた、
その文字は余分にあるのですよ、父さん、Cのもう一つの字ですよ、
ちび・パコは笑った、ルーカス若様先生の高笑いを真似て笑いを膨らませると盛大に褒めた、
それは学士院の先生方に話してあげなさい、
夜になるとすっかりご満悦の体でレグラに言った、
この娘は利口者だぞ、
むっちりと豊満な胸のレグラは言った、

うむ、自分の才能に加えて、他の子の分も取ってしまっているのよ、

パコは、

　他の子って？

レグラはいつもの冷静さを失わず、

　あれま、ニニャチーカの才能をよ、あんた、何考えてんのよパコ、

パコは、

　ニエベスはお前の才能を受け継いでるよ、

パコはレグラを抱き寄せて愛撫しようとした、

レグラは、

　あれま、やめてぇ、パコ、そんなとこに才能はないよ、

ちび・パコはそそられて、しつこくレグラを求める、不意に夜の静けさを破ってニニャチーカの呻き声が響き渡り、パコはへなへなと動かなくなって、それでお終(しま)いにして言った、

　神様がお前を守って下さるように、またねレグラ、おやすみ、

時がたつにつれてブドーの蔓(つる)を纏(まと)った白い粗末な家、庇(ひさし)の短い屋根、井戸、それらに影を投げ掛けているコルクガシ、手前の山並みのあたりにあちこち散らばる灰色の大きな岩の群、水がぬるんで岸辺をのそのそと亀が這い回る小川など、アベンドゥハル荘園ラーヤ辺境地の生活にも段々と愛着が沸

いていった、しかし十月のある朝のこと、ちび・パコはいつもの朝と同じように門の所に出ると頭を上げ、鼻翼を膨らませると、

　馬が近付いてくる、

と言った、

そばにいたレグラは右手で庇（ひさし）を作って道路のはるか先の方を見た、

　あれま、なんにも見えないよ、パコ、

しかし、ちび・パコはブラッドハウンド犬〔古代犬種、嗅覚力に優れる〕のように鼻で嗅ぎ続けた、

　間違いなければクレスポだよ、

と付け加えた、

イバン若様のいうところによれば、ちび・パコはポインター犬顔負けの鼻の持ち主で、遠くにある物の臭いを嗅ぐことができた、案に違（たが）わず、十五分もしないうちにラーヤ辺境地に警備長・クレスポが姿を現した、

　パコ、荷物をまとめてくれ、荘園に帰るんだ、

前置きなし、単刀直入にパコに言った、

パコは、

　それはいったいどういうことですか、

それに対してクレスポは、
ペドロ技師様の命令だ、昼にルシオがここにやってくる、お前は命令をちゃんと果たした、お役ごめんだ、
夕方涼しくなった頃、パコとレグラはぼろぼろの大きな馬車に家財道具を乗せて荘園へと帰って行く、馬車の上、綿くずワラ布団の間に子供たちを乗せ、後ろの座席にはレグラがニニャチーカと一緒に座る、ニニャチーカは叫び続けていた、すわらない頭があっちこっちぐらぐらと落ちる、だらっとした小さな足が寝巻きの下から覗いていた、ちび・パコはおとなしい雌馬に乗って、堂々と後ろからみんなをエスコートして行く、ニニャチーカの呻き声と呻き声の合間に響くカランカランという車の音を制して声を張り上げた、
ニエベスが学校に入ってくれるといいね、この利口者、どこまで伸びるかわからん、
レグラは、
あれま、楽しみだね、
高い位置から、威厳に満ちた声でさらに言った、
子供たちも働ける年になると、家計を助けてくれるさ、
レグラは、
あれま、楽しみね、

ちび・パコは馬車のカタカタ鳴る音と生活の変化への期待に高揚して続けた、
それに今度の家は一部屋多いぞ、おいら若返るぞ、
レグラは溜息をついてニニャチーカを胸に抱いて揺らし、大きな手で蚊を追いやった、馬車の上、黒いカシの林の上で星がひとつ、またひとつと輝き始めた、レグラは高い空を見て、また溜息をついて言った、
あれま、娘に静かにしてもらえないと、わたしたち若返りできないよ、
荘園に着くと、警備長・クレスポが、一家が五年前までいた家のドアのそばの腰掛で待っていた、家の前面に沿って細長い花壇があり、ゼラニウムが並んでいた、真ん中にヤナギの木が立っているが、そのヤナギの木陰も暑い、パコはやれやれというようにヤナギの木を見た後、左、右と頭を回し、目を落とし、
何をしましょうかね、
と諦めたように言った、
神様が決めてくれるよ、少し向こうに、みんなに指示を与えているペドロ技師様がいる、
こんばんはペドロ技師様、またこちらに戻ってまいりました、どうぞよろしく、何なりとご用命下さい、
やあ、こんばんはパコ、ラーヤ辺境地では変わりなかったかね、
パコは、

はい、平穏無事でしたペドロ様、

荷物を下ろしているとペドロ様は、馬車から戸口へ、戸口から馬車へと家族についてきた、

なあレグラ、お前さん昔のように門番をやってくれんかね、車の音がしたらカンヌキを外してやってくれ、お前さん知っての通り、大奥様もイバン若様も予告なしにこられる、おまけに門のところで待つのがお嫌いでな、

レグラは、

あれま、結構ですペドロ様、よろしゅうございますとも、

ペドロ様は、

夜が明けたら七面鳥を外に出して、止まり木の糞を削いでくれんか、この臭いはかなわんよ、まったく、お前さん知っての通り、大奥様はよい方だけれど、ものごとをきちんとしないとお気に召さないからね、

レグラは、

あれま、ペドロ様、なんでもお申し付け下さい、

ペドロ技師様は次々に指示を与え続けた、それが終わると頭を傾けて左の頬肉を内側から噛んだ、何かとても大切なことを指示し忘れたように言葉を詰まらせた、レグラは穏やかに、

まだ他に何か、ペドロ様、

ペドロ技師様は怒ったように頬を内側から噛んで、目をニエベスの方に向けたが言葉は発せず、そのまま立ち去るのかと思った時、急にレグラの方を振り向いて、
　ほかでもないが、レグラ、
と言って口ごもった、
　本当は、この件は女同士で話し合うべきかも知れないがね……
そこで休止が長引いたのでレグラは穏やかに、
どうぞペドロ様、何でもおっしゃって下さい、
ペドロ様は、
娘さんのことだがレグラ、娘さんは家内の手助けが十分できるんじゃないかと思う、家内がね、家事にかけては腰が引けておるんでな、
と言って苦笑いした、
　家内は家事が嫌いでな、それにしても娘さん大きくなって、ちょっと見ない間にすっかり娘らしくなったもんだな、びっくりしたよ、
ペドロ技師様が話を続けているうちに、ちび・パコは、風船の空気が抜けるように気が萎えてしまった、まるで真夜中、ニニャチーカの叫び声を聞いて、逞しさがすーっと消えたようにである、そしてレグラの方を見た、レグラもパコの方を見た、やがてちび・パコは鼻の穴に指を突っ込み、肩をすぼ

めると言った、
　ペドロ様、何なりとご用命下さい、私たち、そのためここにおりますから、
するとと急にペドロ技師様の瞳孔は大きく開き、自分自身の言葉の雪崩の下に自らを隠したいとでもいうように、今までの話と無関係のことをだらだらと喋った、
　いまどきの若いモンは、パコ、すぐ偉い者になりたがって、昔と違ってな、誰も手仕事して手を汚したくないもんだから、都会とか外国とか、とにかく、ここから外に出たがって止まるところ知らずだよ、はやりというか、そいでもって問題は解決したと思っている、ところがあげくの果ては、大方は腹ぺこで飢えるか都会に飽きて死んじまうかのどちらかだ、しかしそれはそれとして、娘さんには何の不自由もさせないよ、わしの一存で言うんじゃないんだよ、
　レグラとちび・パコは、うんうんと頷いた、よかった、という二人だけに通じる目配せを交わしたが、ペドロ様はそれには気付かなかった、とても高ぶっていたからだ、
　では、同意を得たということで明朝、家で娘さんを待っているからね、あんた方が淋しくないように、そして娘さんのお腹が大きくならないように、夜は家に帰って寝てよいということにしよう、なにしろ近頃の若い男たちは手が早いからね、
　それから大仰な身振り手振りのあと、ペドロ様は行ってしまった、そしてレグラとちび・パコは無言で家財道具を配置し始めた、それから食事をした、

食事が終わり炉端に座ったちょうどその時、ブタ飼い・ファクンドが闖入(ちんにゅう)してきた、
おめえも勇気があるよ、パコ、上の家〔ペドロ様の家〕じゃ、ドニャ・プリータ〔ドニャは身分の高さを表す女性敬称〕様のヒステリーを誰も止められないよ、おめえも知ってるだろうけど、ヒス起こすと、留め針で突っついたみたいになるんだって、旦那のペドロ様も我慢できないくらいだよ、
と言った、
しかしレグラもちび・パコも反論してこないのを見て、ファクンドは急いで付け加えた、
おめえ、プリータのこと知らないな、パコ、もしおれの言うこと信用しないなら、現場に居合わせたことのあるペパに聞いてみたらいいぞ、
しかし、レグラとパコが無言を続けているのを見て、ブタ飼い・ファクンドはくるりと背を向けて行ってしまった、翌朝ニエベスは上の家に指定された時刻きっかりに現れた、翌日も同じようにして行き、それが習慣となり、いつのまにか時が流れ始めた、そのようにして五月になったある日、イバン若様の長男カルロス・アルベルトお坊ちゃまが、荘園の礼拝堂に初聖体拝領[†1]にやってきたのだ、二日後、準備万端整ったあと侯爵夫人が司教様〔カトリックの僧位の呼称、大司教の下、司祭の上〕を伴い、大きな車に乗ってやってきた、レグラは、表門を開けると司教様の紫の衣(ころも)の前ですっかり幻惑されてしまい、どうしたらよいのかわからず最初、困惑の体で二回こっくりとおじぎをし、それから跪(ひざまず)いて恭しく礼をし、十字を切った、しかし侯爵夫人は離れた位置から注意した、

指輪に、レグラ、指輪に、
レグラは慌てて聖職者に近付き、指輪にチュチュッと接吻(せっぷん)した、司教は微笑しそっと手を放した、司教は困惑気味に花の乱れ咲く花壇のそばを通り、ブタ飼いや作男たちの畏敬の中、大邸宅に入って行った、翌日は盛大なパーティになった、小さな礼拝堂での儀式のあと、みんなは中庭に集まり、パンをココアに浸して食べた、
カルロス・アルベルトお坊ちゃま、ばんざーい、
そして、
大奥様、ばんざーい、
みんな大喜びだったが、ニエベスだけは出席できなかった、というのも、大邸宅〔オーナーの侯爵邸〕で招待客たちにかしずいていたからである、しかも、それはすっかり板に付いていた、汚れた皿を左手で下げ右手で新しい皿と取り替えた、料理を出す時には客の左肩の上に軽く身を傾け、右の前腕を背中に置いた、
微笑を絶やさず品良く慎ましやかなニエベスの身のこなしに大奥様は注目して、ペドロ技師様に、どこであの可愛らしい娘を見つけてきたのかと尋ねた、ペドロ技師様は驚いて、
イバンの助手、警護手、ちび・パコのところの娘ですよ、何か月か前までアベンドゥハル荘園ラーヤ辺境地にいました、末っ娘(すえっこ)です、ちょっと見ない間にいい娘になってしまって、

大奥様は、
　レグラのところのですか、
ペドロ技師様は、
　そのとおりです、レグラの娘です、うちのプリータが仕込んで、たった四週間ですっかり垢抜け(あかぬ)してしまいました、娘は切れ者ですよ、
大奥様はニエベスから目を離さなかった、一挙手一投足をじっと観察していたが、機会をとらえて自分の娘に言った、
　ミリアム、あの娘に気付いたかい、いいスタイルして、お行儀がいいわ、少し磨きをかければ一級のよい侍女になるわ、
ミリアムお嬢様は素知らぬ顔でそっとニエベスを見た、
　ほんとにいい娘だわ、
と言った、
　私の好みをいえば、ここんとこもうちょっとだけ大きければいいと思うわと言って自分の胸を指差した、ニエベスは恥ずかしかったが、それには取り合わず、ブロンドのヘアで白いセーラー服に白いロザリオと白いミサ典書を抱えて凛々(りり)しく現れたカルロス・アルベルトお坊ちゃまを見て、すっかり自分がのぼせ上がっているのを感じていた、だから少年に食事を運びながら、まるで大天使〔聖母マリアに受胎告知

を行なったガブリエル＝美男の代表〕に向かっているようにうっとりと微笑んだ、夜、家に帰ると昼間の忙しい仕事で疲れてはいたが、いきなりちび・パコに言った、

　父さん、私、聖体拝領したいわ、

と有無を言わせない口調で言った、驚いたパコは、

　何と言ったの、

ニエベスは言い張るように、

　聖体拝領をしたいの、父さん、

ちび・パコは、今にも吹っ飛んでしまいそうになる頭を押えこむように、両手を帽子のところに持っていった、

　それはペドロ様と話してみなくちゃならないな、お前、

ペドロ技師様は、ちび・パコの口から少女の希望を聞くと、とたんに笑い出した、そして両の手の平を向かい合わせると、パコの目をまじまじと見た、

　何の根拠でだね、パコ、言ってみてくれ、娘さんが聖体拝領をする根拠ってのは何だね、聖体拝領ってのは気まぐれにはできないよ、パコ、真面目なことで、冗談にはできないことだよ、

ちび・パコはうなだれて、

　それはそうかもしれませんが、

しかしニエベスはいうことを聞かなかった、諦められなかった、ペドロ技師様が乗り気でないと見ると今度はドニャ・プリータに訴えた、

若奥様、私は十四歳になりました、この胸の中で強い希望のように感じております、

はじめドニャ・プリータは驚きの目でニエベスを見ていたが、やがて、薄い唇の、少し八重歯の、とても赤い口を開け、

なんてとんでもないこと、この子ったら、あんたが拝領したいのは、もしかして男の子じゃないの、と言ってとたんに笑い出した、そして繰り返した、

なんてとんでもないことを、

それからというもの、上の家〔ペドロ様（管理者）の家〕と大邸宅〔侯爵夫人（オーナー）邸〕ではニエベスの希望は的外れ、見当違いと取られ、格好の話題となった、イバン若様の招待客がくるたび、ふとしたことで会話が途切れたり緊張したりするとドニャ・プリータは、きれいに整ったバラ色の人差し指でニエベスを指して叫んだ、

ほら、あの子よ、聖体拝領をしたいとねだってる娘は、

大きなテーブルの周りには感嘆と、それを楽しむような視線とざわめきのようなヒソヒソ話が起こった、部屋の隅ではそっと嘲笑を噛み殺す者もいた、ニエベスが部屋から出て行くと、とたんにイバン若様は言った、

すべてこれは、忌々(いまいま)しい公会議[†2]のせいだ、

招待客の中には、食事をやめてイバン若様を問いただすようにじっと見ている者もいた、イバン若様はもっと説明する必要があると思った、

この人たちの考えていることは、要するに、自分たちを人間として扱ってくれと主張しているのです、皆さん方お分かりのとおり、そんなこと出来るわけありません、罪は彼らにあるのではないのです、彼らに悪いことを吹き込んでいる公会議に罪があるのです、

こんな場合を含めてこれと似た設定の場合、ドニャ・プリータはマスカラの黒い目をそっと閉じてイバン若様の方を振り返る、そっくり返った鼻の先でイバン若様の耳たぶにそっと触れる、イバン若様はドニャ・プリータの上に身を屈め、厚かましくも女の胸元の美しい深淵を覗き込む、自分の行為を繕(つくろ)うように、何か言おうと努めて付け足した、

プーラ〔プリータの正式名〕、あんたの意見はどうなの、あんた、その人たちをよく知っているんだろう、

しかしペドロ技師様はほぼ真正面にいて、瞬(まばた)き一つせず二人の動作を観察しながら薄い頬の肉を内側から噛んで腹を立てていた、招待客が去り、上の家でドニャ・プリータと二人きりになるとペドロ様は自制を失った、

あいつが来るときだけミドルカップのブラジャー付けて、胸元を開けてあいつを挑発するんだな、

おれが、それを黙って見過ごすと思っているのか、

とドモリながら言った、

　映画、お芝居などを見て町から帰ってきた時も同じで、車から降りるより早く、ペドロ様の声が聞こえる、

　尻軽女！　売女（ばいた）！

　しかしドニャ・プリータは相手にせず鼻歌をうたう、車から降り、ふくれっ面をし、踊るような気取った足取りで玄関の階段を上る、細い足を見ながら言う、

　この魅力、神様から授かったものよ、恥じることないわ、

　ペドロ技師様は赤いほっぺと白い耳たぶの女の後ろを追った、

　お前が持っているものをとやかく言っているんじゃない、それを見せびらかす行為を言ってるのだ、お前は見世物だ、見世物以上だ、

　こんな悪態にもドニャ・プリータは決して節度を失わず両手を腰に当て、ぷりぷりとお尻を振って鼻歌をうたいながら大きな玄関ホールへと入って行った、一方ペドロ様はパタンとドアを閉め、武器箱に近付き鞭（むち）を手に持った、

　お前に行儀作法を教えてやろう、

と大声で叫んだ、

　女は男の真正面で止まると鼻歌をやめ、挑戦するように男の目をじっと見据えた、

あんた弱虫よ、あんたがこれ以上手出しできないのを知ってるわ、でも、そんなものでわたしに触れたら取り返しのつかないことになるわ、
と言った、
そして背中を向けると、気取ってぷりぷりと肩や腰を動かして自分の部屋の方へ行ってしまった、後に残された男は叫びに叫び、腕を振り回した、やがて叫び声は途切れ途切れの呻き声になっていった、怒りが頂点に達すると声が割れ、ベッドの上に鞭を放り投げ、しゃくり上げ、しくしくとむせび泣き始めた、
プーラ、お前、おれが苦しんでいるのを見て楽しんでるな、こんなことするのも、お前を愛してるからだぞ、
しかしドニャ・プリータはまたふくれっ面をして、気取った足取りで歩き出した、そして、ケンカもう終わりねと言った、
寛(くつろ)ぐように洋服ダンスの姿見に見入り、頭を傾けたり、髪の形を変えたり、いろいろポーズを決めては寛容さをいっぱいに表して微笑み、おしまいは唇の端をきゅっと引き締めた、その間ペドロ技師様はベッドカバーの上にうつ伏せに倒れ込み、手で顔を覆い、子供のように泣いていた、ニエベスはこの揉(も)め事(ごと)のあらましを目撃していたが、自分の持ち物を片付け、ゆっくりと家路に着いた、たまたま起きていたちび・パコに言った、

父さん、今晩ひと騒動あったわ、彼女、散々こき下ろされてたわ、
ペドロ様にかい、
半信半疑ちび・パコは言う、
そう、ペドロ様によ、
ちび・パコは頭が飛んでいきそうになるのを押さえるかのように両手で頭を支えると、片目ずつウインクし、声を震わせながら言った、
ね、いいかね、上の家の揉め事はお前にはどうでもよいことだよ、お前がそこで見たり聞いたりしても、しらんぷりして、他の人には黙っていなさいよ、
こんな大ゲンカの翌日、荘園では諸聖人の祝日〔十一月一日〕の狩猟大会が行なわれた、いちばん大切な大会だったが、ペドロ技師様はまずまずの鉄砲使いにもかかわらず、ヤマウズラ一羽どころか何一つ当たらなかった、
隣のシェルターにいたイバン若様は同じ群れの二羽の前部と別の二羽の後部、合計四羽にタマを命中させ撃ち落したところで、せせら笑って、ちび・パコに言う、
おれ、この目で見るまで信じないことにする、あいつ、いつになったらこのおれの技術を見習ってくれるのかね、あいつのところにはすいすいと獲物が現れているのに、タマは羽にかすりもしないのさ、なあパコ、気付いていていたか?

ちび・パコは、

気付かないわけないですよ、イバン若様、盲目の人だって見えてますよ、

イバン若様は、

あいつは偉大な鳥撃ちなんかじゃないよ、間違いを犯し過ぎてまともな精神状態になれないのさ、

このバカヤロウに何かが起こったのさ、

ちび・パコは、

そんなことはありませんね、鉄砲撃ちは宝くじといっしょですよ、今日は良くて明日は悪いってこともあります、ご存知の通り、

そしてイバン若様は驚くべき反射神経でひとつ、またひとつと素早く狙いを付けてパン、パン、パン、パン、発射の合間合間、歪んだ口元を銃床にくっ付けたまま解説した、

そりゃある程度はクジ運といっしょだよ、パコ、でも誤解しないようにしよう、あいつの視界に入ってくる鳥なら、おれだったら帽子でだって落とせるよ、

その日の午後、大邸宅での食事の時ドニャ・プリータは再びミドルサイズのブラジャーを付け、気前の良い襟ぐりで現れた、そしてまたイバン若様に色目を使った、微笑が往き、ウインクが返る、ペドロ技師様はテーブルの端でどういう態度に出るべきか迷い、薄い頬肉を内側から噛んでいた、震えわななき、ナイフもフォークも操れなかった、ドニャ・プリータがイバン若様の肩の上に頭を傾けて

ご機嫌取りをすると、二人は互いに寄り添った、ペドロ技師様は半分立ち上がり、腕を上げて皆の注意を集めようと大声を上げて指差した、

　皆さん、あそこにいるのが聖体拝領をしたいと言っている娘だ、

その時ちょうど食器を片付けようとしていたニエベスはむっとなった、困惑が込み上げてきて、一瞬躊躇(ためら)ったが泣きそうになるのを必死に堪(こら)えて、にこやかに微笑んだ、それでもペドロ技師様は執拗(しつよう)にニエベスに非難の指差しをして、気が狂ったように前後の見境もなく大声を出した、

他の人々は笑っていた、

そんなものに熱くなることはない、くだらんことは止めときなさい、

同情したミリアムお嬢様はとうとう中に割って入った、

　聖体拝領に何が悪いことあるのよ、

ペドロ技師様はやや落ち着いて、頭を下げ、片側の口ひげも殆(ほとん)ど動かさず、呟くように言った、

お願いだミリアム、この可哀そうな女の子は何もわかっていない、その子の父親に至ってはブタほどの知性もない、いったいどんな類(たぐい)の聖体拝領ができるというのかね、

ミリアムお嬢様は首を伸ばし頭を上げた、驚いたように言った、

こんなに大勢いらっしゃるというのに、どなたかニエベスの聖体拝領をしてやれる方いらっしゃらないのかしらね、

と言ってテーブルの向かい側のドニャ・プリータをまじまじと見た、しかし困惑したのはペドロ技師様であった、夜、上の家で他の話のついでのようにニエベスに言った、
　今日の昼間のことでわしのこと怒っていないと思うが、あれはほんの冗談さ、
しかし話は上の空だった、というのもニエベスに話しているのに、言葉はまっすぐドニャ・プリータに行ってしまったのだから、するとドニャ・プリータの目はたちまち尖り、頬がひきつった、ペドロ様は震える手を剝き出しの華奢な肩の上に置くと言った、
　お前、何か言いたいことがあるなら言ってくれないかね、
しかし、ドニャ・プリータは軽蔑するような仕草でペドロ様の手を振り払うとくるっと後ろを向き、ふくれっ面で鼻歌をうたい始めた、ペドロ技師様は逆上してまたまた武器箱から鞭を取り出すと、ドニャ・プリータの後ろを追った、
　こんどこそ赦さないぞ、売女め、
と大声で怒鳴った、
ペドロ様の怒りはとても大きかったので言葉が喉に詰まった、しかし寝室に入って数分もすると、いつものようにペドロ様がベッドに倒れこみ、枕に息を詰まらせてむせび泣いているのがニエベスには分かった。

†1　初聖体拝領は、初めて聖体（聖餅と葡萄酒）を司祭から受け、カトリック教徒となる純然たる宗教行事であるが、その後に付き物の宴会は、社交の具であり、荘園に働く労務者たちにとっては宗教儀式を含めて関係ない行事であった。なお、九四％がカトリック教徒であるスペインでは、初聖体拝領は現在、ごくふつうの家庭では、九歳に達した時行なう、カトリック信者としての一種の通過儀礼であり、教会での儀式の後、父兄が友人知人親戚を招き、お祝いする。雰囲気は日本の結婚披露宴と七五三を足して二分したような感じだが、衣装代、パーティなどで平均五〇万円（二〇〇八年のデータ）くらいかかり、かなりの出費になる。一九六〇年代当時の荘園の労務者には、捻出不能の金額だった（金額はスペイン・ヤフー、ウィキペディアより）。

†2　一九六二―六五年、カトリック教会の近代化をテーマに開かれた聖職者会議のこと。そのなかで、信教の自由の原則は、人間の尊厳と天主の啓示とに合致する、という信教の自由宣言がなされた（ヤフー、ウィキペディアより引用）。信教の自由の原則はあっても聖体拝領とその披露宴には相当の費用が必要で、荘園労務者には信教の自由も関係なかった。

第三巻

トンビちゃん

そんな折、荘園の家にアサリアスが現れた、レグラはおはようと言ってお勝手のそばでいつものように、ワラの袋〔弁当〕をアサリアスに差し出した、しかしアサリアスはレグラの方は見向きもせず、ぷりぷり怒り、ぶつぶつ呟き、口の中には何も入れてないのに何かを噛むようにもぐもぐしていた、妹は、

どうしたのアサリアス、病気じゃないのかい、

アサリアスは虚ろな眼差しで暖炉の火元を見ながら、唸り声を上げ、歯のない歯茎を噛み合わせていた、レグラは、

あれま、あんたが言ってたのと違う、別のトンビちゃんにでも死なれたのかい、アサリアス、そして、しつこく訊かれたあとで、ようやくアサリアスは、

おれ、若様にクビ切られた、

レグラは、

若様にかい、

おれ、もう年寄りだって言われた、

アサリアスは、

レグラは、

あれま、若様はそんなこと言うはずないよ、だって、あんた、あの方のそばでずうっと、いっしょに年取ってきたのよ、

アサリアスは、

　おれ、若様より一つしか年上じゃないのに、

ぶつぶつと呟き、口の中には何もないのにもじゃもじゃと噛み、腰掛に座り、太腿（ふともも）の上に肘をつき、両手で頭を抱え込み、虚ろな眼差しでじっと暖炉を眺めていたが、突然ニニャチーカの叫び声を聞くととたんに目を輝かせ、唇を緩（ゆる）ませ微笑みを湛（たた）え、涎を垂らしながら妹に言った、

　ニニャチーカをこっちにくれよ、

レグラは、

　あれま、汚れてるかもしれないよ、

そしてアサリアスは、

　ニニャチーカをこっちへよこしなよ、

アサリアスがしつこく言うので、レグラはようやく立ち上がり、ニニャチーカのチャリートを抱いて戻ってきた、チャリートの体はノウサギほどの大きさもなく、小さな足はぬいぐるみの人形の足さながら、骨を抜き取ったようにだらんと折れ曲がっている、アサリアスは震える指で受け取り、膝の上に置き、首の関節が外れたような小さな頭をがっしりした腕の脇の下にそっと支え、マユとマユの間を優しくさすり始めると呟いた、

　かわいいトンビちゃん、かわいいトンビちゃん、

ちび・パコが午後の見回りの仕事から帰ってくると、レグラは外に迎えに出てきた、
　あれま、お客さんだよパコ、誰だか分かるかい、当ててみてよ、
ちび・パコはちょっとの間、鼻でにおいを嗅ぐような仕草をして言った、
　お前の兄貴がきたな、
レグラは、
　当たりよ、でも今度は一泊や二泊じゃなくてずーっとだよ、若様にクビ切られただって、よくわからないよ、調べてみないと、
翌朝、夜明けと共にちび・パコは雌馬に鞍を付けると馬を疾走させ、谷を越え、木の茂みやゴジアオイの群生する山を越えて、アサリアスの若様の荘園にやってきた、野犬が吠えながら後ろについてきた、若様は休んでいた、
ちび・パコは馬から降りて、ブタ飼い・ダシオのかみさんのルーペと少しおしゃべりした、
　シラミうじょうじょだよ、ちっちゃい部屋はウンコだらけ、おまけに手にオシッコひっかけるのさ、フケツよ、
ちび・パコはうんうん頷(うなず)いていた、しかし、
　それは別に目新しいことではないよ、ルーペ、
ルーペは、

目新しいことではないかもね、でも、それがずーっと続くと疲れるよ、くだくだといつまでも愚痴が続く、そんなところへ若様が現れて、ちび・パコは、それが決まりになっているようにすっくと立ち上がった、
やあ、
若様、こんにちは、ご機嫌うるわしゅう、
と言って帽子を取り、まるで帽子が邪魔なように手に取ってくるくると回したあとで、ようやく、
若様、アサリアスが申しますに、貴方様に解雇されたとのことで、何年もお勤めしたというのにこの歳で、
若様は、
念のために聞くが、一体きみ誰だい、そしてこの問題に口を差し挟む権利を誰からもらっているのかね、
ちび・パコは怯(ひる)んで、
お赦し下さい、私は侯爵夫人の所の水飲み場の警備長・クレスポの部下のアサリアスの義弟、と申し上げればお分かり頂けると存じますが、
アサリアスの若様は、
ああ、そうかい、
と言って目を閉じ、ゆっくりと考え深げに頭を動かして頷き、話に応じた、

そうだな、アサリアスの言っていることは嘘ではない、いかにもおれはやつを解雇した、小便を手にひっかけて、そんな手でやつが羽を毟ったようなヤマシギをおれが食えるかどうか、きみ、どう思うかね、小便の付いた手だぜ、そりゃきたない手だ、だからといって、もしおれのためにヤマシギの羽を毟らないとすれば、この荘園でやつのような老いぼれに何ができるというのかね、
と言って自分の額を指差した、力を篭めて額に指を突き立てた、ちび・パコは目で靴の先端を見据えたまま、その場で手で帽子をくるくる回し続けていた、やがて勇気を振り絞って、

ごもっともです若様、しかし考えてみてください、私の義兄はここで生まれ、歯を生やし始めたものです、今度の聖エウティキオ祭〔十月五日。『毎日のミサ典書』（ドン・ボスコ社）参照〕の日には六十一歳になります、早いもので、ほんの子供の時から……

しかし、若様は手を振ってちび・パコを制した、

何とでも言って結構だが声だけは低くしてくれ、ただおれが言いたいのはだな、もしきみが言うように六十一歳だとすると、おれは六十一年間耐え忍んできたということだ、褒章ものじゃないのかね、部屋の隅っこでウンコをたれるし、手に小便をひっかけて、その手でヤマシギの羽を毟ってくれるんだぜ、まっぴらだね、そんなおかしなやつを慈悲で保護するには十分に長い時間だったんじゃないのかね、
ちび・パコは帽子をくるくると回し続けていたが、段々とそのスピードを緩めていき、やがて頷いた、

若様、でも私が引き取るとすれば、家は二部屋に四人の子供で身動きできないのですが、若様は、

なんとでもいうがよい、こちらは福祉養護施設じゃない、家族ってそんなとき支え合っていくためにあるんだろ、そうじゃないのかね、

ちび・パコは、

それはそうかもしれません、

そして一歩一歩雌馬の方に後ずさりして行った、足を鐙（あぶみ）に乗せ上にまたがった時、アサリアスの若様は別の理由を口にした、

それにだな、きみ、アサリアスのやつはぶつぶつ文句を言っちゃ、おれの友達の自動車のタイヤの空気栓をみんな外して持っていってしまうんだ、わかるか、そのおかしなやつのため、大臣はおろか誰一人、おれ、家に客を呼べないんだぜ、

ちび・パコの馬が小走りで走り去るにつれて、段々と声を大きくしていった、

そんなことしたら、タイヤぺちゃんこになっちまうじゃないか、わかったかよ！

しかし、よく考えてみると、義兄のアサリアスはニニャチーカと同じく赤ん坊のように厄介で無垢だ、そう、二人の無垢だとレグラは言っていた、

まさにその通りだ、少なくともニニャチーカのチャリートは動かずじっとしているが、アサリアスは、

日が照ろうと曇ろうと、夜になっても眠ることはせず歩き回り咳払いをし、歩き始めたら最後、まるで野良犬と同じ、明け方まで囲い場を覗きまわり、口の中でツバをぐちゃぐちゃさせる、ズボンは膝までずり落ちている、ブタ飼い、警備手、作男たちがいつも同じ調子で尋ねる、

アサリアス、さかな釣りにいくのかい、

アサリアスは鳥小屋の糞削ぎをしながら宙に向って微笑み、上下の歯茎を合わせてゴニョゴニョと何か呟く、糞削ぎが終わると両手に木桶を一つずつ持って言う、

いや、花の肥やしをもらいに行ってくるのさ、

そして表門を開け、ゴジアオイとカシの木の間を抜けて姿を消した、牧夫のアントニオ・アバの後ろを追って行った、牧夫のアントニオ・アバはそんな時間遠くに行っているはずはない、牧夫に会うと山羊の群の後ろについてゆっくりと歩き始める、そして時々身を屈めて、山羊が落としたばかりの糞を拾った、木桶が一杯になると、よく聞き取れない言葉をぶつぶつと呟きながら荘園にとって返す、白くなった涎の泡を口の端に溜め、囲い場に入ってくると、そこにペパ、アブンディオ、クレスポのカミさんのレメディオス、その他おおぜいが待ち構えていて言う、

アサリアスがゼラニウムの肥やし持ってきたよ、

アサリアスは微笑みながら花壇と植え込みの周りを回り、ぱらぱらとまんべんなく施肥して歩く、ペパ、アブンディオ、クレスポのかみさん、レメディオス、それともクレスポ自ら出てきて言う、

荘園にはありったけの糞を入れといてくれ、
レグラは耐えたような面持ちで、
あれま、誰にも迷惑かけないで、少なくとも楽しんでやってくれてるよ、
しかしファクンドかレメディオスかペパかクレスポたちは、しかめっつらをして、
大奥様が来られた時にここにいたらいいよ、大変なことになるから、
しかし、アサリアスは真面目一本やりだった、毎朝毎朝カシの林から木桶たっぷり二杯の豆糞を抱えて帰ってきた、このようにして数週間たつと、花壇の花々は黒い火山のような円錐形の豆糞の小山の間に沈むことになった、レグラはやむなく口を挟んで、
あれま、肥やしはもういいよアサリアス、それより、ちょっとニニャチーカを散歩させてよ、と言った、
そして夜になると、アサリアスにしてもらう仕事を何か探しておくれよ、庭は肥やしでいっぱいだし、兄に何もさせないで放っておくと、すぐ怠けの虫に取り付かれてヤマモモの木陰で寝込んでしまうし、そんなことになったら、あの人の生活誰も面倒みてくれないよとレグラはちび・パコに泣きついた、その当時レグラの子供のロヘリオは、もう手が掛からなくなって、トラクターをあちこち乗り回していた、最近輸入された赤塗りのトラクターの解体も組み立てもできた、アサリアスのことが頭から離れないレグラに会うたびロヘリオは言った、

母さん、伯父さんのこと、ぼくが連れ出してもいいよ、

ロヘリオは感激屋でおしゃべりだった、このところますます沈んで無愛想なキルセとは正反対だった、レグラは、

ひところとはまるで変わった、キルセに何かあったのかしらね、

と自問した、

キルセは別に何の説明もしなかった、自由な時間が二時間あると荘園から姿を消して、夜になって深刻な顔をして帰ってきた、少し酔っていた、微笑ひとつ示さない、弟のロヘリオがアサリアスに、

伯父さん、とうもろこしの数かぞえて下さいよ、

と勧めると、ようやくキルセは深刻な顔をくずして微笑んだ、アサリアスは自分が有用な人間であることを示そうと、素直にサイロのそばに山と積まれたとうもろこしに近付き、

イーチ、ニー、サン、シー、ゴー、

と懸命になって数え、ジューイチまでくるといつもその次は、

シジューサン、シジューシ、シジューゴ、

と言った、

そしてその時やっと、キルセはひきつったような不自然な薄笑いを見せた、すると母親のレグラはさっと顔を上げてキルセを叱った、両足をふんばり両腕を腰に当て目をつり上げた、

あれま、これはたいへんなことだよ、無垢な年寄りを笑い者にするのは神様を冒瀆(ぼうとく)するのといっしょだよ、

そして怒ったまま奥に行き、ニニャチーカを抱いて出てくるとアサリアスに手渡した、

さ、ニニャチーカを寝かせつけて、この子だけよ、あんたをわかってくれるのは、

アサリアスはニニャチーカを優しく受け取ると、ドアのそばの腰掛に座ってニニャチーカをあやした、歯が無いのでよけいにくぐもった優しい声で、

　かわいいトンビちゃん、かわいいトンビちゃん、

葡萄(ぶどう)棚の木漏れ日(こもび)の中、天使のように微笑みながら二人は同時に、ことりと眠りについた、しかしある朝、レグラはニニャチーカの髪に櫛(くし)を入れていた時、櫛の歯先にシラミを見つけて怒った、アサリアスのところにやってくると、

　アサリアス、お前一体いつから体洗ってないの、

アサリアスは、

　それは、若様たちのすることで……

レグラは、

あれま、体洗うのはお金持ちの若様たちだけというのね……水はいくらでも使えるじゃないの、ふけつ、野蛮人！

アサリアスは黙って手を表、裏とひっくり返して見せた、手のシワに垢が詰まっていた、言い訳するように卑屈に言った、

アカギレしないように毎朝手に小便ひっかけているのさ、

レグラは怒りを爆発させた、

あれま、ブタみたいね、あんたは貧乏を自分で作って、それをこっちの赤ん坊にくっつけてるんだよ、それがわからないのかい、

しかし、アサリアスは当惑し、懇願するような黄色い眼でレグラを見ていた、頭を垂れ、子犬のようにくうくうと呻(うな)りながら涎を歯茎で噛んでいた、

アサリアスの無垢と従順さがレグラの気持ちを和らげた、

なまけもの、なまけもの以上だよ、あんたのこと、もうひとり赤ん坊を抱え込んだと思わないといけないよ、

翌日の午後、アサリアスはロヘリオの運転するトラクターに乗って、コルドビリャのアラビア人、ハシムのやっている店に行った、そこで下着を三枚買った、家に帰ってくるとレグラはアサリアスに向かって、

一週間に一枚ずつ着るんだよ、わかったかい、

アサリアスは頷いてしかめっつらをした、しかし、ひと月がたって、レグラはヤナギの木の近くで

アサリアスを見つけると、

あれま、あんたに買ってあげた下着どこにやったのかい、もう四週間になるけど、まだ一つもわたし洗濯してないよ、

アサリアスは黄色味がかって血走った眼を下に向けて、何かよく聞き取れない言葉をぶつぶつと呟いた、妹は我慢できなくなって、アサリアスを小突いた、襟首を摑んで振り回すと下着を三枚重ねて着ているのを発見した、

ブタ、ブタ、ブタより穢いよ、それ早く脱ぎな、わからないの、それ早く脱ぎな、

アサリアスは大人しく継ぎの当たった茶色のコールテンのジャケットを脱ぎ、それから一枚ずつ三枚の下着を脱ぐと、白髪混じりの胸毛に覆われたヘラクレスのような上半身の裸像が露わになった、

レグラは、

あれま、下着はね、一枚脱いで別のきれいなのを着るもんよ、脱いで着る、脱いで着る、これ当たり前でしょ、

ロヘリオは笑おうとしたが、母親を怒らせないようにと大きな褐色の手で口を覆って笑いを抑えた、ちび・パコは腰掛に座り、悲しそうに一部始終を見ていたが、やがて頭を下げて、

ニニャチーカより始末がわるいよ、

と呟いた、

このようにして月日がたち、春がやってきて、アサリアスは幻覚に悩まされるようになった、一日中ずっと弟のイレネオが幻になって浮かんでくる、夜は修道士の肩衣(かたぎぬ)を着込んだような白黒で現れ、昼間はジンチョウゲの木の間に寝ていると、青空を背景に、いつか版画で見た父なる神のように大きく強そうに総天然色で現れた、アサリアスはそんな時、起き上がってレグラの所に行き、

今日はね、イレネオが戻ってきたんだ、レグラ、

と言った、

そしてレグラは、

あれま、またかい、可哀そうにね、イレネオは静かにさせておきな、

アサリアスは、

だって空にいるんだ、

レグラは、

それで誰にも悪さしなかったのかい、

アサリアスのことはたちまち荘園中に知れ渡り、ブタ飼い、ヒツジ飼い、作男たちは偶然を装ってアサリアスに近付くと尋ねた、

アサリアス、イレネオはどうなったの?

アサリアスは肩を持ち上げて、

死んだよ、フランコ〔内戦後の独裁の総統（一八九二―一九七五）〕が空に上げたんだ、

みんなは初めて尋ねるように、

それで、アサリアス、それは一体いつのことだい、

アサリアスは唇をぱくぱくと繰り返し動かしたあと答える、

ずーっと昔だよ、モーロ人の時代さ、〔八―十五世紀、スペインはモーロ（ムーア）人の支配下にあった〕

みんなは肘を突っつき合い、笑いを堪（こら）えてまた尋ねる、

フランコは本当にお前の弟のこと、空に送ったのかい、もしかして地獄に送ったんじゃないのかい、

するとアサリアスは憤然と頭を振って否定し、微笑を浮かべ、涎を垂らし、高い青空を指差して、

おれがジンチョウゲの木の所で寝転がるたびに、あの高い所に見えるんだ、

と詳しく説明した、

しかし、ちび・パコにとってもっと厄介だったのは、アサリアスの厚かましさだった、昼といわず夜といわず、いつでも義兄は家を出て、土塀の縁だろうと花壇の縁だろうとあずまやの中だろうとヤナギの木の根元だろうと、パンツを下ろしてしゃがみ込んで排便した、ちび・パコは毎朝見回りの仕事に行く前に、肩に鍬を担いで中庭に出ると、まるで墓堀人のようにその跡をならして歩いた、レグラの所に戻ってくると訴えた、

こいつ、尻の栓たるんでいるに違いない、でなきゃ説明つかないよ、

毎月曜日、毎火曜日、荘園に新しい公衆便所が出現した、ちび・パコはは鍬をもってせっせとそれに泥を被せた、パコの精励をよそに、アサリアスは家を出ると鼻の穴（イバン若様のいうところによれば気分の良い日には、そこから脳みそが見えるということだ）をほじくった、そのたびにそこから悪臭が漂ってくると言ってパコは苛立った、

また臭うよ、お前の兄さんにはお手上げだよ、

途方に暮れたレグラは、

あれま、わたしが兄にどうしろというの、運命だと思って諦めてよ、

しかしその頃になると、アサリアスはまたぞろモリフクロウを走らせたくなるのだった、静かで大人しい義弟に会うたび、ご機嫌を取るように言う、

パコ、モリフクロウ走らせにおれを山に連れてってくれないか、

とパコに言った、

ちび・パコは聞こえなかった振りをして、押し黙っていた、

アサリアスは、

パコ、モリフクロウ走らせにおれを山に連れてってくれないか、

ちび・パコは聞こえなかった振りをして、押し黙っていたが、ある午後、どんな風の吹き回しか、義

弟の小さな頭の中に光のような道が開き、アイデアが浮かんだ、そうして義兄に同意して言った、

　もしお前をモリフクロウの走らせに連れて行ったら、あれ山でしてくれるかい、今後、荘園の中よごさないでくれるか、

アサリアスは、

　そういうことなら、そうするよ、

その日以来、ちび・パコは夕方になるとアサリアスを雌馬の尻に担ぎ上げて鞍も付けずに乗せ、とっぷりと日が暮れるころ山裾で二人は降りた、ちび・パコが丸く大きなコルクガシのそばの岩場で待機している間、アサリアスは獣のように腰を屈めてゴジアオイや鬱蒼(うっそう)とした草木の茂みに消えた、ずいぶん時間がたってから、ちび・パコはアサリアスの合図を聞く、

　エーッ、エーッ、

すぐ静寂が戻る、やがてまたアサリアスの少し鼻にかかった声、

　エーッ、エーッ、

その後、三、四回繰り返して呼んでも応答がなかったが、やがてモリフクロウが応答してきた、

　ブーウッ、ブーウッ、

するとアサリアスは、まるでマカレーナのマリヤ〔セビリヤのマカレーナのマリヤ信仰は熱狂的に声を上げて聖母マリヤを賛美することで知られる〕の熱烈な巡礼者のような悲鳴を上げて走り始めた、モリフクロウはアサリアスの後ろで鳴き声をあげる、時々陰気

な笑い声を放つ、ちび・パコは、コルクガシの岩場で、雑草のがさがさと擦(こす)れる音を聞く、続いてモリフクロウの唸り声、それから震えるような大笑い声のあと、ぷっつり何も聞えなくなるのだが、十五分もたったころ、アサリアスが顔も手足も掠り傷だらけになって涎を垂らし微笑を湛えて現れ、幸せそうに言う、

　パコ、モリフクロウをたくさん走らせてやったよ、

パコはずっと考えていたことを言う、

　お前もうあれ済ませたのか、

アサリアスは、

　まだだよパコ、時間がなかったよ、

ちび・パコは、

　じゃー頑張れよ、さっさと、

アサリアスは手の掠り傷を舐(な)めながら微笑を絶やさず四、五メートルほど離れると、トウダイグサのそばに身を屈めて用を足した、翌日も翌々日も同じようにして過ごした、五月が終わろうというある午後、ロヘリオが、まだ産毛(うぶげ)に包まれたミヤマガラス〔ユーラシア中緯度に分布するスズメ目カラス科の鳥。日本にはほぼ全国に飛来する冬鳥。特に佐賀県に多い〕の目を両手で包むようにして現れた、

　伯父さん、これ持ってきたよ、見てごらん、

みんなは家から外に出てきた、アサリアスはいたいけな鳥を見るとすっかりとろんとした優しい目つきになり、そっと手にとって呟いた、

　かわいいトンビちゃん、かわいいトンビちゃん、

それからずーっとあやしながら家の中に入り篭(かご)の中に鳥を入れると、巣を作る材料を探しに行ってしまった、夜になると、キルセにエサを一袋くれと言った、錆(さ)び付(つ)いた空き缶の中にエサと水を入れて混ぜ、小さな塊にして鳥の嘴に近付け、声を和らげて言った、

　キーアッ、キーアッ、キーアッ、〔アサリアスの声〕

トリのミヤマガラスはワラの中で震えていた、

キーアッ、キーアッ、キーアッ、〔鳥の声〕

アサリアスはミヤマガラスが嘴を開ける度に穢(きたな)い中指を使って、大きく開けた鳥の口の中にエサの塊を放り込んだ、するとそれを呑みこんだ、そして、また丸めたエサを次々に与え、やがて鳥は満腹し、静かになったが、三十分もたち胃のもたれが取れるとまた欲しがった、アサリアスは優しく囁(ささや)きながら、食べ物をあげては繰返し呟いた、

　かわいいトンビちゃん、

　囁きはやっと聞き取れるくらいだったが、レグラはアサリアスの仕草をじっと見ながらそっと口へリオに耳打ちした、

あれま、あれはよかったよ、お前良いこと考えたね、
アサリアスは、昼も夜も片時も鳥のことを忘れなかった、初めて羽が生えてくると嬉しくなって、囲い場をドアからドアへと、黄色い眼を広げ、唇の間に薄ら笑いを踊らせながら走った、
トンビちゃんに羽が生えてきましたよ、
と繰り返した、
するとみんなは、お祝いの言葉をかけたり、イレネオはどうなったのと聞いてくれた、しかし甥のキルセだけは、アサリアスにひねくれた眼差しを向けると言った、
伯父さん、どうしてまた、そんな悪臭を家の中に持ち込むんですか、
アサリアスは呆気（あっけ）にとられ、驚いた眼をキルセに向けて、
悪臭じゃないよ、トンビちゃんだよ、
しかしキルセは頑（かたく）なに頭を動かすとその後でツバを吐いた、
うんざりですよ、黒い鳥は、家のために何も持ってこないじゃないですか、黒い鳥は！
アサリアスは少しの間気まずくキルセを見ていたが、やがてニャチーカが寝かされている大きな箱の上に優しい目をやり、キルセのことは忘れてしまい、
明日ミミズを探してきてあげるよ、
と言った、

翌日、懸命になって真ん中の花壇の土を掘り、ミミズを一匹見つけ、それを二本の指で摘(つま)んできてミヤマガラスに与えると、ミヤマガラスは喜んでむしゃむしゃと食べた、アサリアスは、それを見て満足して涎を垂らした、
　チャリート、見たかい、だいぶ大きくなってきたね、明日またミミズを探してくるね、とニニャチーカに言った、
ミヤマガラスは巣の中で少しずつ成長し羽を揃えていった、今ではちび・パコがアサリアスをモリフクロウの走らせに引っ張り出す度(たび)に、アサリアスはミヤマガラスのことで気が気でなかった、
　パコ、急いでくれ、トンビちゃんがおれを待っている、
ちび・パコは、
　もうウンコしたのか、
アサリアスは、
　トンビちゃんがおれを待っている、パコ、
ちび・パコは動じることなく、
　もしお前がウンコしないなら、夜明けまでお前をここに留めとかないといかん、そうするとトンビちゃんお腹空かして死んでしまうぞ、
アサリアスは、ようやくズボンを緩めて、

それはいけないよ、

と、ぶつぶつ言いながら木の茂みの脇でしゃがみこんで排泄したが、終わるより先に立ち上がって、

さあパコ、がんばって行こう、

と言いながら、あたふたとズボンを上げるのだった、

トンビちゃんがおれを待っていてくれる、

と言って、虚ろに潤(うる)んだ微笑に唇を緩め、楽しそうにツバをぐじゃぐじゃと噛んだ、こんなことが毎日続き、三週間たったある朝、ミヤマガラスを前腕に止まらせて囲い場で散歩していると、ミヤマガラスは、おずおずと羽ばたきをして飛び始めた、初めは短く柔らかい飛びようだったが、だんだんとヤナギの梢(こずえ)に届くところまで飛んで行き、そこに摑まった、アサリアスは初めて自分の手の届くところから遠ざかってしまったミヤマガラスを見て、しくしくと泣いた、

トンビちゃんが逃げて行ってしまったよう、レグラ、

レグラは顔を覗(のぞ)かせて、

あれま、飛ばせておきな、神様から羽いただいたからそれで飛ぶのよ、わかるかい、

しかしアサリアスは、

だけどトンビちゃんには、おれ、逃げられたくないんだよう、レグラ、

と言って心配そうにヤナギの梢を見ていた、ミヤマガラスは潤んだ目であたりを見回し、新しい展望

を発見し、頭を回して嘴で自分の背中をつつき、虫を取っていた、アサリアスはありったけの熱意と愛を言葉に篭めて切なく言った、

かわいいトンビちゃん、かわいいトンビちゃん、

しかしミヤマガラスは我関せずのように、レグラが捕まえようと梯子を木に近づけて二、三段登りかけると、翼を膨らませ、ちょっとの間空中でぱたぱたさせ、とうとう枝から離れ、不器用に、躊躇うような飛び方で飛び、礼拝堂の屋根の上に降り立ち、ついで、塔の風見鶏の先の一番高い所に止まった、アサリアスは大粒の涙を流して鳥の行動を叱るように、

おれのこと嫌いになったな、

と言った、

そんなところへクリスプロが現れ、ついでロヘリオ、ペパ、ファクンド、クレスポその他おおぜいが集まった、みんないっせいに塔のてっぺんの風見鶏とミヤマガラスの方に目をやった、ミヤマガラスはどうしようかというように揺れ動いていたが、ロヘリオは笑っていた、

伯父さんは、カラスを育てるんですか、目をつつかれないようにしないとね、〔「飼い犬に手を噛まれる」と同義のことわざ「カラスを飼って目をくりぬかれる」がスペインにもある〕

ファクンドは、

みんな自由の楽しさを掴みたいのではないのかね、

レグラは言い張った、
あれま、神様は空を飛べるようにと翼を鳥にあげたんだよ、
アサリアスの目からは大粒の涙が頬を伝って滑り落ちていった、アサリアスは大きな手で涙を振り払おうとしていた、そして、お決まりの言葉を繰り返した、
かわいいトンビちゃん、かわいいトンビちゃん、
そう話しかけながら皆から一人だけ離れ、目は風見鶏の方を見つめたまま、ヤナギの木陰の方に押されるようにして行った、ヤナギの木陰も暑かった、広い囲い場の真ん中にただ一人、容赦なく照り付ける七月の太陽の下、足下には自分の影が黒いボールのように小さくなっていた、しかめっつらをし、大仰な身振りをしていたかと思うと急に頭を上げ、優しく大きな声でアサリアスは言った、
キーアッ！
上の方、風見鶏のところにいたミヤマガラスは羽をぱたぱたさせ、体を揺らして下の囲い場を見下ろした、不安そうにもそもそと動いたかと思うと、また動かなくなってしまう、じっとミヤマガラスを見ていたアサリアスはもう一度繰り返した、
キーアッ！
するとミヤマガラスは首を伸ばしてアサリアスを見届けると首を縮め、また伸ばした、そしてアサリアスは懸命に繰り返した、

キーアッ！
　すると思いがけないことが起こった、アサリアスとミヤマガラスの間に一つの気流ができたように、鳥は風見鶏の矢に登って嬉しそうに鳴き始めた、
　キーアッ！　キーアッ！　キーアッ！
　ヤナギの木陰では期待の静寂、急に鳥は前傾姿勢になり前方に身を投げ、急降下し、みんなが呆気にとられている目の前で囲い場の上を大きく輪を描いて三回廻り、土塀を掠(かす)めて飛んだ後、アサリアスの右肩に止まった、そしてアサリアスの白い首筋を、まるで虫を取ってやるような仕草でこつこつとつついた、アサリアスはじっと動かず、頭だけ少し鳥の方に向けて微笑み、お祈りのように呟いた、
　かわいいトンビちゃん、かわいいトンビちゃん。

第四巻
狩猟助手

六月半ば、キルセは午後になるとメリノ羊の群を引っ張り出す、日が落ちると、キルセの吹くハーモニカの優しい音色が山の方から聞えてくる、一方弟のロヘリオはじっとしていない、ジープに乗っては山へ、トラクターに乗っては野原へと、あちこち動き回り忙しい、

このキャブレーター調子がおかしいな、クラッチペダルが戻らないぞ、

などと言いながら、しかし、そんなことはイバン若様には大した問題ではない、荘園を訪れるたびにキルセとロヘリオの二人をそれとなく観察していた、クレスポを物陰に呼ぶと、そっと耳打ちした、

クレスポ、この男の子たちから目を離さず観察してくれるか、ちび・パコのやつ、段々年食ってきたしな、いまに狩猟助手いなくなってしまうよ、狩猟助手いなくなったら、おれやっていけなくなるんでな、

しかし、キルセもロヘリオも、父親のような奇跡的な嗅覚を発揮しなかった、その点、父のパコはまったく素晴らしかった、凄かった、ほんの小さい時から噂でなく実際の話だが、翼を傷めたヤマウズラを山の中に放つとパコは躊躇うことなく、まるでセッター犬のように四つん這いになって、平べったい鼻を地面に擦りつけ追跡するのだ、それから、これはずっと後の話だが、獲物が今通ったばかりか時間がたっているかを嗅ぎ分け、獲物が雄か雌かまで嗅ぎ分けた、ある日、イバン若様は胸のところで十字を切って、青い目を半ば閉じて尋ねた、

パコ、おい、どうやってお前、獲物のにおいを嗅ぎ分けるんだ、

するとちび・パコは、
　ほんとに若様は、臭わないのですか、
イバン若様は、
　ほんとにおれが臭い嗅げたら、お前に訊いたりはしないよ、
ちび・パコは、
　イバン若様はいいお鼻をお持ちで、
イバン若様がまだ子供のイバンお坊ちゃまだった時、パコがイバン若様を、イバンちゃんと呼んでいた時からもそうだった、
　獲物ってどんな臭いなんだい、パコ
面倒見の良いちび・パコは、
　ほんとにイバンお坊ちゃま、臭わないんですか、
イバンちゃんは、
　臭わないよ、ぼくの亡くなったご先祖様たちに誓ってもいいけど、獲物は何も臭わないよ、
パコは、
　そのうち慣れますよ、年取ってきたらわかるようになりますよ、
ちび・パコは、他人にはできないことを自分ができる、そんな自分の長所に気付いていなかったの

で、イバンちゃんとの会話はちぐはぐになったのだ、子供のイバンちゃんは、とても易しい狩猟を始めたが、たちまち夢中になった、七月には池や動物たちの砂浴び場でサケイ〔別名マキバシギ〕を、八月には刈り取りの済んだ畑でウズラを、九月には川原やカシ林の小道でキジバトを、十月には耕作地と低い山でヤマウズラを、二月にはルシオ・デル・テアティノ沼で鴨を、その合間にはライフルや猟銃を常に携行し、シャモア〔ピレネーに生息するアルプス鹿〕や鹿などの大物猟もパンパン、パンパンとやった、

この子の猟のお熱、大変だわ、

と、母親の侯爵夫人は言っていた、

昼となく夜となく、冬でも夏でも、待ち伏せ〔獲物の来そうな場所に待ち伏せして撃つ猟〕、飛び込み〔狩場を移動しながら飛び出してくる獲物を撃つ猟〕、狩り出し〔山に向け鉄砲を脅し撃ちし、獲物を狩猟者のいる方に追い立てる猟〕にパンパン、パンパン、イバンちゃんは、ライフルや散弾銃を持って山や湿地帯へ行った、一九四三年の民族の日〔十月十二日、コロンブスのアメリカ発見の日〕の初狩り出しの時、十三になるかならないかのアメしゃぶりの若造だったが、マドリードからやってきた三本の指で数えられる鉄砲撃ちの名人たちに伍して、かつて誰も見たことがない、一発の弾で四羽の鳥を空中で射止めるという信じられないテーバ撃ち〔一発で複数の鳥を射止めること〕を含め、合計八羽を射落とし、みんなをあっと驚かせた、その日以来イバンちゃんはちび・パコをお供にして狩りに行くようになり、イバンちゃんはちび・パコの直観力と情熱に助けられた、ちび・パコはタマ込めが下手だったので、イバンちゃんはちび・パコにそれを教え込もうと決心した、イバンちゃんはある日、カートリッジ二つと古い銃をちび・パコに渡して言った、

毎晩寝る前に百回、くたくたになるまでカートリッジを付けたり外したりしなさい、

少し間をおいた後、言った、

もしみんなの中で一番早くカートリッジの付け外しができるようになったら、元々あんたは優れた予知能力と記憶力を持ってるから、あんたを狩猟助手として雇わないハンターはいなくなると、

ぼくは断言するよ、

ちび・パコは生まれつき奉仕精神に富んでいたので、毎晩寝る前にカチャカチャと猟銃を開閉し、カチャカチャと銃身にカートリッジを付けたり外したりした、だからレグラは、

あれま、あんたバカじゃないの、パコ、

ちび・パコは、

イバンちゃんがこれであんたを一番の狩猟助手にしてみせるっていうんだよ、

そして一ヶ月たつと言った、

イバンちゃん、いいかい、アーメンと唱える間に、カートリッジを銃に付けて外してみせますよ、

イバンちゃんは、

それは驚き、パコ、ずるしないでやってみせてよ、

パコは少年の目の前でカートリッジ付け外しの手さばきを披露した、

パコ、練習すればするほど上手（うま）くなれるよ、続けてやりなさい、

イバンちゃんはパコが練習の成果を披露した後、そう言った、こうしてイバンちゃんにあちこちと振り回されてパコは時間のたつのも忘れた、ある朝待ち伏せ場で、きたるべきものが来た、つまり、ちび・パコは最高の親切心でイバンちゃんに言った、

イバンちゃん注意！　右の方に鳥の群！

そして、イバンちゃんは静かに構えて狙いを付けた、そしてあっという間に、二羽のヤマウズラの前部ともう二羽の後部を撃って落とした、初めの一羽が地上に落ちる前に、イバンちゃんはパコの方に目を向け、威張って身構えると言った、

今日から、パコ、あんたはぼくをイバンちゃんじゃなくて、イバン若様と呼んでくれるか、おれ、もう子供じゃない、

その時、イバンちゃんは十六歳だった、それは失礼いたしましたと言ったのはパコだった、パコはこれ以後、はいイバン若様、はいイバン若様とあちこちと振り回されることになった、そう言われてみると、もう立派な若者になろうとしていた上、判断力もついて、時の経過とともに、イバン若様の胸の中では鉄砲撃ちへの興味と欲求が抑え難く大きくなっていった、狩猟競技会があるたび、イバン若様は獲物数で一番を取るばかりでなく、誰よりも一番高い、一番遠い、一番太ったヤマウズラを撃ち落す人ということで知られるようになった、このあたり一帯に並ぶ者がないほどになった、そしていつも必ずパコが証人だった、

距離はかなりあったと大臣は言っているけど、パコ、最初の狩り出しの時のあの鳥、岩場にいたやつ、おれが撃つと空高く飛び上がったかと思うと、そのあとガラパゴス池の中にばしゃっと落ちていった鳥との距離はどのくらいあったか憶えてるかい、
ちび・パコはぎょろっとした目を開けて自慢そうに顎を突き出して断言した、
忘れてなんかいませんよ、あのヤマウズラが飛んでいたのはゆうに九十メートルはありましたね、
または、太ったヤマウズラの場合も同じ要領だった、
ほら吹きだと皆に思われないように、ちゃんと言ってくれよ、パコ、例の谷間でのやつ、皮袋のブドー酒を飲んでいた時出遭ったあのヤマウズラはどのくらいの大きさだったかね、
パコは少し顔を傾げ、頬に人差し指を突き刺して思い出そうとする、
そうだ、思い出せ、
イバン若様は更に続ける、
ほら、あれだ、ヤマモモのところに風を切って飛んできたやつだよ、お前、なんとか言ってたじゃないか、なんとか……
パコは急に両目を半ば閉じながら、口笛を吹きそうな形にしたが、形だけで口笛は吹かないで、
はい、飛、行、機、よ、り、も、っ、と、大、き、か、っ、た、で、す、ね、
と結論づけた、

厳密には、ちび・パコはイバン若様の撃ったヤマウズラとの距離はもちろん知らなかったし、ずっと離れていた別の猟仲間が撃ったヤマウズラが、どのくらい太っていたかも知らなかった、若様の撃ち落とした距離は、他人に言うときは常により遠く、形はより太くなった、それをいつもちび・パコに証言させた、ちび・パコはそれが得意だった、自分の証言に重みがあることが得意だった、またイバン若様の友人たちが自分の獲物回収の能力・才能をいちばん羨ましがっているという自負心があった、

どんなに優れた犬だって、この男ほど役立っている犬はいないと思うね、イバン、いいか、おれの言うことよく聞けよ、お前、どんなにいいモノ持っているかお前、わかっちゃいないよ、

と、みんなはイバンに言った、

イバン若様の友人たちは、羽をやられて動けなくなったヤマウズラがいるはずだから回収してくるようにと、たびたび、ちび・パコに頼んだ、そんな時イバン若様の友人たちは狩猟の後の反省会はそっちのけ、隣り合った狩猟助手たちも言い争いをやめて、みんなパコの後ろについて行き、推移を見守る、パコが錚錚たる鉄砲撃ち仲間たちに囲まれたところで、自分の出番とばかりに得意になって言った、

えーと、イバン若様が撃たれたのはどこだったですかね、

狩猟仲間たち、次官、大使、大臣は、

おい、ここに羽がおちてるぞ、パコ、

ちび・パコは、
　えーと、方角はどっちからでしたかね、
誰かが、
　ゴジアオイの方角だよパコ、ゴジアオイの群生地に向かってさ、こんな風に、
パコは、
　えーと、一羽だけか番（つが）いか、それとも群れを作ってましたかね、
誰かが、
　二羽で行ったよパコ、今お前が言った番いというやつさ、
イバン若様は皮肉たっぷりに招待客たちを見て、だから、おれ言っただろうというようにちび・パコに顎（あご）で合図した、ちび・パコはすぐさま這いつくばり、タマの当たった地点の二メートル周囲の地面を丹念に嗅ぎ回ると呟いた、
　このあたりから飛び立っていますね、
その後ろを数メートル嗅ぎ続けた後、立ち上がり、
　この方向に行っています、そのあと、あの木の茂みか、それともコルクガシの端の灌木（かんぼく）の茂みに隠れたか、そのどちらかです、それより遠くには行ってませんね、
みんなはパコの後ろにぞろぞろとついて行った、そして、たとえ木の茂みにいないことはあっても、

コルクガシの端の灌木の中に、間違いなく獲物がよたよたとよろめいているのだった、次官、大使、大臣、その他居合わせたみんなが驚いて言った、

どんな比例計算で、あの場所に獲物が間違いなくいるのか、パコ、私に説明してくれないかね、ちび・パコは数秒間じっと得意そうにみんなを眺め回していたが、やがて、軽蔑の調子を抑えきれず言った、

ヤマウズラは地面を走って隠れようとする時、窪地(くぼち)からは離れないのですよ、

みんなはお互い顔を見合わせて、なるほどと合点した、イバン若様は両方の親指をハンチングチョッキの脇の下に入れて、にこにこ笑っていた、

なあみんな、おれの言った通りだろう、

まるで、アメリカの二連銃か自慢のグリフォン犬のギタをみんなに見せる時と同じように得意満面になった、持ち場の射撃スポットに戻り、パコと二人だけになるとイバン若様は言った、

分かったかい、フランスのオカマ野郎、ヤマウズラとカケスの見分けもつかないのさ、オカマ大使、まったくスマートさがないよ、外交官としちゃ致命的欠陥さ、

イバン若様にしてみると、鉄砲撃ちは、誰でもひどいオカマ野郎である、

このオカマ野郎という悪態は、狩猟が佳境に入り、勢子(せこ)たちの声が遠くで乱れ飛び、ラッパ手(しゅ)が遥か向こうで鳥たちを追い立てヤマウズラがあちこちへ、ブルルル、ブルルル、ブルルルと乱れ飛び立

つとき、いつも口ぐせのように出てきた、鳥の群がすごい速さで鳥撃ちたちの目線に入ってきた、イバン若様は、こっちで二羽同時に、あちらで二羽同時にカラクッション〔ビリヤードで手玉が跳ね返って的玉に当たること〕やキャノン〔手玉が二つの的玉にあたること〕であたり、発射音は左右に響き渡り、まるで戦争である、ちび・パコは心の中で三十二、三十四、三十五と数えていった、撃ち終えて空になった銃にタマを込めた二連銃を五回も取り替え、銃身は赤くなる、獲物が落ちた場所を頭の中で記憶していく、そんな場合ちび・パコは、セッター犬のように全身に漲る(みなぎ)興奮を鎮めることができず、力が余った、シェルターの縁にしゃがみ、顔を覗かせ、あたりを驚かせないように言葉を噛み殺しながら言う、

若様、取りに行かせて下さい、行かせて下さい、

イバン若様はぶっきらぼうに、

静かにしろ、パコ、

そしてちび・パコは、

行かせて下さい、お願いです、行かせて下さい、若様、

段々とエキサイトしていったが、若様は撃ち方を止めなかった、

いいかパコ、おれをカッとさせるなよ、撃ち終わるのを待て、

しかしちび・パコは、自分の平べったい鼻のすぐ前に死んで倒れているヤマウズラを、黙って見ておれなかった、

取りに行かせて下さい、若様、お願いです、
イバン若様はとうとう怒ってパコのお尻を蹴飛ばして言った、
おい、時間の前にシェルターから出ると、本当にお前を撃つぞ、おれ、やると言ったら本当にやるぞ、
しかし、それはわざとらしく、激しさも一時的だった、数分後ちび・パコが息せき切って、イバン若様のところに、射落とした獲物六十五羽のうち六十四羽を持って戻ってきて興奮気味に、
イバン若様、一羽足りないのは、若様がエニシダの茂みに撃ち落したヤマウズラをファクンドが持って行ったからです、やつは自分の若様が撃ち落したものだと言い張るんです、
と告げると、イバン若様の怒りはファクンドに飛び火した、
ファクンド！
轟(とどろ)き渡る大声で言う、
ファクンドがやってきた、
おい、いい子だ、ここは楽しみの場だ、静かにしよう、エニシダのところにあったヤマウズラはおれのものだ、ぜったいおれのものだ、だからさっさとこっちによこせ、さあ、
手を大きく広げて差し出した、しかしファクンドは肩をすくめて、平然と無表情な目をした、
ぼくの若様もエニシダの縁に撃ち落しました、そんなのないですよ、

しかしイバン若様は手を伸ばし続けていた、指先がむずむずしてきた、
いいか、おれを怒らせるなよ、ファクンド、おれを怒らせるなよ、自分で落とした鳥を横取りされるほどしゃくに障ることはない、さ、そのヤマウズラ、こっちへよこせ、
ようやくファクンドは、もはやこれまでと黙ってヤマウズラをイバン若様に手渡した、フランス人のレネ〔フランス語読みではルネ〕は狩猟大会の常連であったが、いつものこと、しょうがないなと諦めて、ようやく胸のところで十字を切った、
イバンがヤマウズラを六十五羽撃ち落として、パコがヤマウズラ六十五羽ぜんぶを回収するって、そんなことあるのですか、ワタシ、ワカリマシェン、ワカリマシェン、
と繰り返した、
ちび・パコは満足してニヤニヤと笑い、自分の頭を指差して、
ここでちゃんとヤマウズラを記憶しているんですよ、
と言った、
フランス人は、ひときわ大きく目を開けて、
ああ、ヤマウズラの数をオッパイで記憶するんだね、
と叫んだ、〔フランス語で頭はtêteで、このフランス人は語尾のeをaに変えれば同じ意味のスペイン語になると思ってtetaと言ったが、それがスペイン語でオッパイを意味することを知らなかった〕
ちび・パコはまたシェルターに戻りイバン若様のそばにくると、

イバン若様、あの人オッパイと言いましたよ、私の死んだご先祖様に誓って申し上げますが、きっとそれはあの方の国の言葉の問題だと思いますよ、

イバン若様は、

そうだ、初めての大正解だよ、

その日以来、イバン若様と招待客たちが待ち伏せ場所決めのくじ引きの時や、オヤツの時とか日向(ひなた)ぼっこや昼食などで集まった時、あたりに女性がいないのを確かめると、頭と言うところをオッパイと言ってふざけあった、

このカートリッジ硬いんだよな、オッパイ痛くなったよ、

とか、

次官はとても強情なやつだ、いったんオッパイの中に入ると、そこから抜き取れる人はいないよ、

などと、同じようなことを何かにつけて言うたびに、みんなはげらげらと笑い転げ、笑い過ぎて苦しくなる者もいた、このようにしてまた狩猟が始まる、五回目の狩り出しが終わる頃にはもう夕暮れになり、イバン若様はハンチングチョッキの上のポケットに指を二本突っ込み、これみよがしにパコに百ペセタ〔ユーロ以前の旧スペイン通貨、約千円〕紙幣を手渡した、

パコ、受け取れ、悪い遊びには使うなよ、お前は本当に金かかるよ、とにかく、生活はとても苦しくなってきているからな、

ちび・パコは、こっそりとお札を摑んでポケットにしまった、

いつもいつも、どうも、イバン若様、

翌朝、レグラはロヘリオの運転するトレーラーに乗って、一緒にコルドビリャのアラビア人のハシムの店に行った、安物木綿布地とか落穂麦を買うためであった、家の子供たちにとって欠かせない必需品であった、狩り出しやハト撃ち大会があるたびに、このような買い物行きが繰り返され、すべて何事もなく順調に推移するのだが、前回フランス人が参加した後の大邸宅の食事会の時、大ゲンカになった、ニエベスの話によると、文化の話になり、レネ若様の、ここは中央ヨーロッパとは教育水準が違うという言葉を聞きとがめたイバン若様は、

そう思うのはきみの勝手だがね、ここスペインには文盲はすでにいなくなってるのだよ、きみは、我々がまだ一九三六年〔スペイン内戦は一九三六－三九年〕の状態に足止めされていると思っているんだな、

こんなことから始まって、いろいろ論争が行き交い、お互い大声で怒鳴り合いが始まり、礼儀も尊敬も欠くようになった、果ては、興奮したイバン若様は、よし、それではということで、ちび・パコ、レグラ、セフェリーノを呼びにやった、

レネ、議論するのはバカバカしい、きみ自身の目で見たらいいよ、

と声を荒げた、

パコが他の者たちを引き連れてやってくると、イバン若様は、ルーカス若様のような教育者然とし

た声を出して、フランス人に言った、

いいかい、レネ、実をいうと、こちらの人たちはかつて文盲だった、しかし、いいかね、じゃ、パコ、お前ボールペンを手に持ってくれ、そして自分の名前を書いてくれ、ただし上手に、丁寧に書いてくれよ、

と言って、緊迫した薄ら笑いを浮かべた、

さあ、国の威信が懸かっているんだよ、

テーブルでは、男パコに衆目が集まった、ペドロ技師様は頬の内側の肉を噛んだ、そして、レネの前腕の上に自分の手を置いた、

信じようと信じまいと、レネ、この国では、もう何年も前から、この人たちを救済するために人道的にあらゆる努力を払っているのさ、

イバン若様は、

しーっ、静かに、この人の気を逸らさないでくれ、

ちび・パコは、五感を集中し、静まり返った皆の期待を背負って、イバン若様がテーブルクロスの上に広げた黄色の請求書の裏に、平べったい鼻翼を膨らませながら、ぶるぶると歪んだ判読不能の署名をした、書き終わると真直ぐに立ってボールペンをイバン若様に返した、イバン若様は、それをセフェリーノに渡して、

今度はきみだ、セフェリーノ、
と命令した、
セフェリーノはあたふたとテーブルクロスの上に身を屈めて署名した、最後にイバン若様はレグラに向かって、
さ、こんどはキミの番だ、レグラ、
イバンはフランス人を振り向き、
ここでは、私たちは差別はしないよ、レネ、ご覧の通り、男女の区別はないのだよ、
レグラはためらうように慎重だった、というのは親指の指紋がなくなり、つるつるの指に挟まれたボールペンが滑ってしまうからだ、苦労してようやく自分の名前を書いた、しかし、フランス人と話をしていたイバン若様は、書きづらそうにしているレグラの様子に気がつかなかった、だから、レグラが書き終わるとすぐ、イバン若様はレグラの右手を摑み、その手を、旗を振るように何度も振った、
これはな、
とイバンは言った、
レネ、パリに帰ったらみんなに話してやってくれ、きみたちフランス人は我々スペイン人のことを話すとき悪い冗談を言う、念のためいうと、この女の人は四日前まで親指で押捺していたのさ、
見てくれ、

こう言うと、ヘラのように平らになったレグラの奇形の指を放した、レグラは当惑して、まるで、イバン若様に丸裸にされてテーブルの上に曝(さら)されたように真っ赤になった、しかし、レネは、イバン若様の言葉に注意を払わず、つるつるになったレグラの指を当惑して見ていた、イバン若様はレネが驚いているのに気付くと説明した、

ああ、そうだ、これはまた別の話だがね、編み紐を作っているとみんなこうなるのだ、レネ、仕事につきものの職業病さ、指は硬い草の葉の編み紐を撚(よ)るため、変形してしまうのだ、どうしてもそうなってしまう、分かるかい、

さあ、さ、もう行ってもいいぞ、みんなよくできた、

と言って微笑すると咳払いをし、張り詰めた状況を終わりにしようとして、三人に向かって言った、

一列になってドアの方に進んでいきながら、レグラは迷惑そうに呟いた、

あれま、イバン若様、なんてことやらせるのかしらね、

テーブルではレネを除いてみんなが、父親のように大らかに笑った、レネの視線だけは険しくなっていて、口を噤(つぐ)んで一言も喋らなかった、敵意に満ちた硬い静寂だった、実際、この類の出来事は荘園では極めて稀(まれ)であり、普通、時間はのんびりと過ぎていった、出来事といえば、大奥様〔荘園オーナーの侯爵夫人〕が定期的に荘園を訪問することであり、そんな時レグラは、大奥様の乗った車を門扉の前で待たせることのないように、ちゃんと見張っていなくてはならなかった、というのも二、三分も待たせると運転

手のマクシがぶつぶつ文句を言うからだ、

どこ、ほっついてた、こら、もう三十分も待ちぼうけだぞ、

と口汚く罵（ののし）るので、レグラは、たとえニニャチーカのオムツを取り替えているような時でも、クラクションの呼び出しが掛かると、急いで手も洗わずに表門のところに駆けつけてカンヌキを外した、そんな時、侯爵夫人は、そそくさと車から降りるなり鼻にシワを寄せた、嗅覚はちび・パコに負けないくらい鋭かった、

レグラ、ニワトリ小屋の止まり木には気を付けておいてね、これ、とても不快なにおいだからね、とか、別の言い方もなさったが、いつも品良く、行儀良く言われた、レグラは恥じ入って前掛けの下に手を隠した、

はい、大奥様、わかりました、気を付けます、

大奥様は小さな庭をゆっくりと廻り、囲い場の角を何か詮索するような目つきでくるくると巡り歩き、その後で大邸宅へと上がって行った、そして、ペドロ技師様を始め、ブタ飼い・セフェリーノまで一人ずつ鏡の間に呼んで、一人一人仕事のことを尋ね、家族のことを尋ね、何か問題はないかと尋ねる、そして、別れる時みんなによそよそしい作り笑顔を見せて、ぴかぴかの五十ペセタ貨幣〔約五〇〇円。七十～八十年前の荘園の労務者たちにとってはけっこうな大金であった〕を手渡すのだった、

お取り、私の訪問をお家でお祝いして下さいね、

ただし、お金のことはペドロ技師様は家族の一員のようだったので除かれた、みんなは、クリスマスよりもっと満足して大邸宅を出た、

大奥様は貧乏人に親切だ、

みんなは手の平のコインを眺めながら言った、

夕方になると囲い場の中に石油コンロが何個か持ち出され、ラムのバーベキューパーティーになった、ワインも出された、すぐに興奮と感激が広がった、

侯爵夫人、万歳、長生きされますように！

いつものように、みんなは少し居住まいを正したが、満足していた、灯りのついた部屋の窓から両腕を上げてお休みの挨拶を送っている大奥様が逆光で見えた、この仕草はずっと変わっていない、しかし、この前のご訪問の時、大奥様はミリアムお嬢様と一緒に車から降りた時、噴水のそばでアサリアスに会い、眉間（みけん）にシワを寄せて頭を後ろに反らした、

あら、あんたのこと知らないわね、誰のところにいる人なの、

と尋ねた、

大奥様のご下問をじっと待っていたレグラは、

私の兄です、大奥様、

と、おどおどして見ていると、

大奥様は、
あの人どこから連れてきたの、裸足じゃないの、
レグラは、
以前、ハーラ荘園にいましたが、ごらんの通り、六十一歳になり解雇されました、
大奥様は、
仕事を辞める年ではあるわね、福祉施設に引き取ってもらったらいいのではないですか、
レグラは頭を下げたが、決然と言った、
あれま、私が生きてるうちは、兄にはぜったい施設には行かせません、
そんなところへミリアムお嬢様が割って入った、
ママ、あの人ここで何か悪いことしたの？　この荘園には、いろんな人のために働き場所があるんじゃないの？
膝に継ぎ当てのあるズボンのアサリアスは自分の右手の爪をじっと見つめていたが、ミリアムお嬢様に微笑みかけ、そのあと、どこへ向けるともなく微笑み、歯茎を二回噛み合わせると話し出した、
毎朝ゼラニウムに肥やしをやっています、
と弁解するように、もそもそと言った、
大奥様は、

それは結構なこと、

アサリアスは段々調子を上げて、

そして、夜はモリフクロウを走らせに山に行きます、モリフクロウがこの荘園に入ってこないようにするためです、

大奥様は広く高い額にシワを寄せて、一所懸命理解しようと努力を集中して、レグラの方へ身を傾けた、

モリフクロウを走らせるですって、あんたの兄さん何しゃべってるのか、私にわかるように話してくれない？

レグラは畏(かしこ)まって、

あれま、それはこちらのことで、アサリアスは悪い人ではありません、少しだけ、お人よしなんです、純真無垢な人です、

しかしアサリアスはさらに続けた、

それで、いま、トンビちゃんを飼っています、

涎(よだれ)を垂らしながら、薄笑いした、

ミリアムお嬢様は、また口を挟んだ、

この方、たくさん仕事してると思うわ、ママ、そう思わない？

大奥様はアサリアスから目を離さなかった、アサリアスはミリアムお嬢様の好意を感じると、急いでミリアムお嬢様の手を取り、感謝の仕草をし、歯茎を見せて小声で言った、
お嬢様、トンビちゃんを見に行きましょう、
ミリアムお嬢様は、男の腕力に引っ張られて躓(つまず)きながらついて行った、
ちょっと頭を傾けると言った、
ママ、トンビちゃんを見にいってくるわ、わたしのこと待たないで、すぐ上がっていくわ、
アサリアスはヤナギの木の下にお嬢様を連れて行き、立ち止まると微笑み、頭を上げて力強く、しかし甘い声で言った、
キーアッ、
きょとんとしているミリアムお嬢様の目の前に、不意に木の一番高い枝から黒くて柔らかい鳥が舞い降りてきて、アサリアスの肩の上にふわりと止まった、アサリアスはまたお嬢様の手を取り、
気を付けて下さい、
と言った、
そして鉢植えの後ろの窓の腰掛のそばまで連れて行き、エサ皿からエサを一摑み取ると、鳥に与えた、鳥はコツコツといつまでも食べ続け、満腹しないように見えた、鳥が食べるのを見ていたアサリアスは、鳥の眉間を優しく撫でてやりながら声を和らげ、繰り返して言った、

　かわいいトンビちゃん、かわいいトンビちゃん、

　鳥は、

　キーアッ、キーアッ、キーアッ、

ともっと欲しがった、ミリアムお嬢様は、えぇっという顔になって、

　ずいぶんお腹が空いてるのね、

アサリアスは鳥の嘴に次から次にエサの塊を入れていき、指の先で、それを喉の方に押してやった、鳥に夢中になっていた時、ニニャチーカの、ぞっとするようなけたたましい呻き声が家の中から聞こえた、ミリアムお嬢様はびっくりして、

　あれ、なーに、

と尋ねた、

　アサリアスは落ち着きを失って、

　ニニャチーカです、

と言って、エサ皿を腰掛の上に置いては手に取り、置いたり取ったり、そわそわと右往左往した、ミヤマガラスを肩の上に置き、顎を上下に動かして、ぶつぶつと呟いた、

　あれもこれも同時にはできませんよ、

しかし二、三秒後には、またニニャチーカの呻き声が響き、ミリアムお嬢様はぞっとして、

ほんとに、あれ女の子が発した声なの？

きょろきょろとあたりを見回しているミヤマガラスを肩に、ますます混乱してしまったアサリアスはミリアムお嬢様の方を振り向き、また手を取って、

　さあ、こちらへ、

と言った、

二人は家の中に入った、ミリアムお嬢様は黒い予兆に慄（おのの）きながらおずおずと進んで行ったが、暗がりの中、クッションの上に針金のように痩せ細った足とぐらぐらとすわらない大きな頭の女の子を発見して、両目が潤んでくるのを感じた、両手を口にもっていくと、

　まあ、

と叫んだ、

アサリアスは赤みがかった歯茎を出して微笑みながら、ミリアムお嬢様を見ていた、しかし、ミリアムお嬢様はニニャチーカの横たわっている棚から目を離すことができなかった、ミリアムお嬢様はまるで塩の像〔旧約聖書のソドムとゴモラの話。ロトの妻が神に振り返るなと言われたのに振り返ったため、塩の像にされた〕になってしまったかのように体がこわばり、青ざめ、怯（おび）えていた、

　まあ、

と繰り返すと、不吉な思い付きを振り払おうとするように頭を左右に忙しく揺らした、

しかし、その時、アサリアスは両腕に女の子を抱き上げ、意味のわからない言葉をぶつぶつと呟きながら腰掛に座り、女の子の頭を脇の下で支え、左手でミヤマガラスを摑み、右手でニニャチーカの人差し指を摑んでいた、

人差し指をゆっくりとミヤマガラスの鼻に近づけ触れさせると、すぐに指を離し、笑うと、女の子を優しく抱きしめ、鼻声を際立たせて言った、

トンビちゃん、ほんとにかわいいでしょ、ね、ニニャチーカ。

第五巻

事故

モリバトの渡りの時期になると、イバン若様は二週間の間、荘園に逗留する、その時期になると、ちび・パコは囮の ハトと囮の器具を用意し、囮の支え棒には油を注し、準備万端整えておく、そしてイバン若様がやってくると、二人はすぐにランドローバー〔英国製のオフロード用四輪駆動車〕に乗って、ドングリの成熟に従って移動するハトの群を探してあちこちと、他の車の轍伝いに車を走らせる、しかし、年の経過とともに、ちび・パコにとって、カシの木に登るのは、段々難儀な作業になってきた、ちび・パコが木の幹に腕をいっぱいに広げて不恰好に抱きついている姿を見たイバン若様は笑って、

年には勝てないな、パコ、へっぴり腰になってきたぞ、人生の宿命だからしょうがないか、

しかし、ちび・パコには自負心があるので、一本の綱を頼りに腕が捩れないようにして、コルクガシやカシの木によじ登り、手は掠り傷だらけになりながら、木の一番見えやすいところに、できれば木のてっぺんに囮の鳥を操るヒモを結わえ付けた、木の上から、鼻の両方の穴でイバン若様に焦点を合わせて見るように、自慢そうに見下ろした、

どんなもんです、若様、私まだ働けますよ、

と大きな声で幸せそうに言った、

太い枝にしっかりと跨って囮の支え棒に結わえ付けてあるヒモを引っ張ると、囮のモリバトは重心を失ってばたばたと空を切って羽ばたく仕掛けなのだ、その間イバン若様はシェルターに身を潜め、空を飛び回る鳥の群を子細に眺めてパコに合図を送る、

ヒメバト二ダースくらいきたぞ、ヒモ引け、パコ、

とか、

もうすぐモリバトの群がやってくるぞ、まだ動かすな、パコ、

とか、

猛禽（もうきん）が動き回ってるぞ、注意しろ、パコ、

ちび・パコはその都度ヒモを引っ張ったり、止めたり、猛禽に気を付けたりしたが、イバン若様はなかなか満足してくれなかった、

もっと優しくやれ、この野郎！　そんなにめちゃめちゃ引っ張ったら、そこらじゅうみんな驚いちまうじゃないか、

そう言われると、ちび・パコは、そっと静かにヒモを操作した、すると六羽くらいのハトが急に群から離れた、イバン若様は猟銃を構え、声を和らげて言った、

見てろ、今曲がったぞ、

そんな時ちび・パコはヒモを軽く、ゆっくりと慎み深く引っ張り、囮のハトが羽をすっかり広げないままゆらゆらと動くようにした、そして、鳥の群が滑空して近付いてくると、イバン若様は身構えて狙いを定め、パンパン、

二羽だ、番（つが）いですよ、

茂みの間でパコは狂喜していた、イバン若様は、

　口を閉じろ、

そして、パンパン、

　また二羽です、

パコは、興奮を抑え切れず木の高い所から叫んだ、イバン若様は、

　お前の嘴（くちばし）に南京錠掛けておけ、

そして、パンパン、

　あ、一発は外れました、

とパコは悔しがったが、イバン若様は、

　こら、舌を動かさずにおれないのか、この野郎、

しかし、パンパンとパンパンの間、枝の上にしがみ付いていた足は痺（しび）れ、木から降りる時、腕でしっかり摑まりながら降りなければならなかった、足に感覚がなくなって、まるで炭酸飲料のようにふわふわとくすぐったく、まったく自分で責任の取りようのない感覚であった、しかし、イバン若様はそんなことには気付かず、新しい見張り場所を探せと催促した、イバン若様は猟場を変えることが好きで、一日に四回も五回も場所変えをする、だから一日の猟が終わると、ちび・パコは肩が痛くなり手が痛くなり股が痛くなり、全身が痛くなった、まるで体中の関節が外れてしまったような感覚であっ

た、しかし翌朝になると、また猟が始まる、イバン若様はハトの囮り猟に飽きることがなかった、悪いことには、パンパン撃ちまくるヤマウズラの狩り出し猟や、水辺でサケイを待ち伏せして撃ったり、猟犬のギタと鈴を使ってのヤマシギ猟よりも、この囮り猟が好きで飽きることがなかった、こうして、翌朝は、早くも夜明けからイバン若様はそわそわしていた、

パコ、お前疲れてるのか、

意地悪そうに微笑み、さらに言う、

年には勝てないな、パコ、誰かお前のかわりを連れてこないといかんな、

ちび・パコはこうして自尊心を煽(あお)られると、首の骨が折れる危険はあっても、懸命になって、前日より機敏にすたすたと木によじ登り、カシの木やコルクガシの木のてっぺんに囮の鳥の支え棒を結わえ付けた、しかし、ときに、鳥の群は囮に対して、嫌悪感や不信感を見せた、鳥の座っている巣、つまり鳥の下にあるようにみせかける巣に対する嫌悪感や不信感であった、このようにしてちび・パコは、木から木へと、へとへとになって移動したが、パコが若さを失っているのでは、という疑念を持っているイバン若様の前では気丈夫を装わねばならなかった、だから気を取り直して、素早く、いかにも軽々とよじ登って見せた、そして、ほとんど上に登りきった時、イバン若様は、

そこは駄目だ、パコ、そのカシの木は小さ過ぎる、わからないのか、いつもやってるように、見通しのきく見張り場所を探せ、もたもたするな、

ちび・パコは木から降り、見通しのきく場所を探しては、また囮の鳥を手に、木のてっぺんに登る、しかし、ある朝、

　しまった、困っちゃいました、イバン若様、囮の目隠しカバーを家に忘れてきちゃいました、

ラス・プラネスのカシの林の上空はハトで暗くなるほどだった、イバン若様はすっかり正気を失っていて、威圧的に言った、

　じゃ、囮の目をつぶせ、時間がもったいない、

ちび・パコは、

　私が囮の目をつぶすのですか、イバン若様、それとも、見えないようにハトにハンカチを被せるんですか、

イバン若様は、

　聞こえてなかったのか、

ちび・パコは、それ以上ためらうことなく、枝にしがみつき、ナイフを開くと、えいっとばかりに囮のハトの目をくりぬいた、一瞬にして盲（めしい）になった鳥は驚いてぶざまな動きをしたが、それがかえって効果を奏し、群がる鳥の数はいつもの倍になった、イバン若様は見境がつかなくなってしまった、

　パコ、残りのハトもみんな盲にするのだ、聞こえたか、しょうもない目隠しカバーなんて、光が漏れて、鳥はいうこと聞かないよ、

このような猟の毎日が続いて、十日程過ぎたある午後、ちび・パコが大きなカシの木から降りようとした時、痺(しび)れていた足が滑って、俵のようにどさりと地面に落ちた、イバン若様の前、二メートルの所だった、イバン若様はびくっと驚いて、
　こら、こいつ、もうちょっとでぶっつぶされるとこだったじゃないか、
しかし、パコは落ちた地点で身をよじった、イバン若様がパコに近付き、パコの頭を押さえて、
　ケガしたのか、パコ、
しかし、ちび・パコは返事もできなかった、胸を強打して、息もつけないほどだった、ただ、自分の右足のふくらはぎを、ここです、と途切れ途切れに言って指差していた、
　ああ、そうか、そこだけか、
とイバン若様は言った、
　パコを手伝って立ち上がらせようとしたが、ちび・パコはカシの木の幹に体を支え、やっとの思いで言葉を発した、
　イバン若様、こっちのふくらはぎがバカのようになって、自分の足じゃないみたいです、
イバン若様は、
　なんだって、自分の足じゃないみたいだと、バカな、パコ、心配するな、動かさずにおくと冷えてよけい悪くなるぞ、

ちび・パコは歩こうとして倒れた、

若様、だめです、足がいうことをききません、自分でぼきっと骨が折れるのがわかったんです、

イバン若様は、

そこもやられたのか、こんちきしょう、じゃ、こんどのラス・プラーナスのハト撃ち大会の時、囮バトの結わえ付けを誰に頼もうかな、

ちび・パコは地面に倒れたまま、内心自分のせいでこうなったと思い込み、イバン若様を宥めようとして言った、

きっと息子のキルセが上手くやれますよ、イバン若様、やつは器用です、少し愛想なしですが、役に立つと思います、

と言ったあと、顔をしかめた、足が痛かったからだ、イバン若様は怪しむように頭を下げて二、三歩歩いたが、ようやく谷の縁までくると、両手でメガフォンを作り、荘園に向って大声を張り上げた、一度、二度、三度、段々声は大きくなり、せっかちになり、最後はやけっぱちになってしまった、誰も応答しないとみると舌を出して、この野郎、と言葉を荒げ、最後はちび・パコを振り向き、

パコ、お前、ほんとに自分で駄目だと思うのか、

ちび・パコはカシの木の根元に凭れかかっていたが、

駄目のようです、イバン若様、

ふと見るとファクンドの長男坊が、囲い場の先の門扉のところに顔を覗かせていた、イバン若様はポケットから白いハンカチを取り出すと繰り返し振った、ファクンドの息子は風車の羽のように腕を動かして応答した、

十五分もすると、ファクンドの長男坊が息せき切ってやってきた、イバン若様がお呼びのとき、特に鉄砲持っている時は、急いで駆けつけねばならない決まりになっていた、イバン若様は長男坊の肩の上に両手を置き、ぎゅっと押し付けて使命の重大性を伝えて言った、

　誰でもかまわん、二人だけ加勢しにここにきてくれるように、いいか、負傷したパコを助けるためだ、それから、キルセに、おれのところにくるように伝えてくれ、わかったな、

話を聞き、活き活きとした目の浅黒い肌の少年は頷いた、イバン若様は顎でちび・パコを指して、説明するように言った、

　こいつは、木から落ちて横っ腹を痛めている、こんな時に限って、

やがて荘園から人が二人やってきて、パコを担架に乗せて運んで行った、

そしてイバン若様は仕事の詳細を打ち合わせしようと、キルセを伴ってカシの林に入って行ったが、キルセは寡黙に、はい、いいえ、そうかも、たぶんと言うだけで無愛想、感情を内に秘めている、というより無口だった、そのかわり、このむっつり男、囮の仕事は手際よかった、文字通り名人芸で、器用であった、時に逞しく、時に滑らかで卒がなく、イバン若様の命令に忠実に従った、キルセの動きは

正確だった、囮に群がるヤマバトにはなんの不信感も持たれず、群がるハトの数も二倍に増えた、イバン若様はパン、パン、パン、パン、休みなくカチャカチャとタマを込めても間に合わなかった、撃ち損じも何回かあり、撃ち損じの度に汚い言葉で罵(のの)った、もっと腹立たしいのは、公平に見て自分の失敗なのに、それを他人に転嫁できないことであり、キルセが、知らん顔して撃ち損じの証人としてそこにいることであった、イバン若様は彼に言った、

おい、お前のおやじの思わぬケガで手元が震えてしまったよ、今日みたいに、たくさんモリバトを撃ち損じたことはないよ、

キルセは、木の葉の間に見え隠れしながら、興味なさそうに答えた、

そうかもしれませんね、

イバン若様は怒った、

そうかも、とか、そうでないかも、じゃないのだ、この野郎、紛(まぎ)れもない事実を言ってるのだ、と言って、パン、パン、パン、パン、パン、

ああ、また、しくじったぞー、

イバン若様は大声で言った、キルセは、まるでイバン若様などいないかのように上の方で静かに動かずにいた、荘園に帰るなり、イバン若様はパコの家に立ち寄り、言った、

パコ、どうだね、どんな具合だね、

ちび・パコは、

まあまあです、イバン若様、

丸椅子の上に足を乗せていた、くるぶしがタイヤのように大きく腫れていた、

まったく間の悪い失態です、骨がぼきっと折れる音、お聞きになりませんでしたか、

しかし、イバン若様は自分のことしか眼中になく、

生涯の中で今朝のようにハトを撃ち損じたことはなかったよ、まるで初心者みたいだったな、お前の息子、おれのこと何と思っただろうね、

ちび・パコは、

そうですね、神経が高ぶっておられたのだから仕方ないですよ、

イバン若様は、

仕方ない、仕方ないって、何もそんなにごまかさんでもよい、パコ、お前、狩猟歴何千時間というこのおれが、ヒメモリバトがここからそこのゼラニウムのところまで飛んで行く間に撃ち損じるのが、仕方ないと、お前思うか、どうだ、えっ、パコ、言ってみてくれ、ここからゼラニウムまで横切って飛んでいくヒメモリバトを、おれが今まで打ち損じたのを、お前見たことがあるかどうか、

キルセはイバン若様の後ろで、つまらなそうに、上の空で片手にヒメモリバトの獲物の束と、もう

片手にケースに収めた猟銃を持って無口で静かに立っていた、そんなところへ、垢で黒ずんだ裸足のアサリアスが、ズボンを膝までずり落とし、歯茎を出して微笑み、子犬のように口をぐるぐるいわせながら家の戸口に現れた、戸口の上はブドーの蔓に覆われていた、
少し慌てたパコはかしこまって指でアサリアスを指すと、
　こちらは私の義兄です、
と言った、
イバン若様は、アサリアスをしげしげと眺めた後、
　ずいぶんおめかしした、お家族を持ったもんだな、
と評した、
しかし、アサリアスは磁石に引き寄せられるようにヒメモリバトの束に近付いて行った、そして物欲しそうにヒメモリバトの死骸を見ていたが、ふと、それらを手で掴み、脚、嘴など、それが新しいものか、時間がたっているものか、雄か雌かを一羽一羽確かめた、やがて眠ったような目を上げてイバン若様の目のところで止めると、
　羽を毟りましょうか、
と訊いて、返事を待った、
イバン若様は、

ほう、ヒメモリバトの羽毟り方知ってるのかね、
ちび・パコが割って入った、
ヒメモリバトの羽毟りができないくらいだったら、他のことをやってますよ、
それ以上の説明はせず、イバン若様はキルセの手から鳥の束を受け取り、アサリアスに渡した、
じゃ、やってくれ、
と言った、
そしてな、毟り終わったら、それをプリータ様のところに持って行ってくれ、おれからだと言うの忘れるな、それから、パコ、お前のことだが、支度しろ、コルドビリャの医者のところに行こう、そんな足じゃ嫌だよ、二十二日にはヒメモリバト猟大会があるんだ、
イバンに、キルセとレグラも手伝って、ちび・パコをランドローバーに運び入れた、コルドビリャに着くと、マヌエル医師がくるぶしを触診して動かそうとした、レントゲンを二枚撮ると眉毛を顰めて言った、
レントゲン見るまでもないよ、向う脛をやられているよ、
と言った、
イバン若様は、
何だって、

切断している、
しかし、イバン若様は医者の言葉をすんなり受け入れようとはしなかった、
バカ言っちゃこまるよ、マヌエル、二十二日には荘園の狩猟大会があるのさ、パコは大会にぜひとも必要なんだ、
異端審問官のような、真っ黒の鋭い寄り目、コテを当てたようにつんと伸びた背筋のマヌエル医師は両肩を上げた、
おれはありのまま、事実を言ったまでさ、イバン、これから先は、お前のやりたいようにやりゃいいさ、お前、こちらのご主人様だからな、
イバン若様は不快そうに口を曲げた、
そういうことではない、マヌエル、
医師は、
今日のところは、添え木を当てておくことくらいしかできん、炎症がひどいからね、その後、ギプスで固定することになるが、その間、先へは進めないよ、一週間したらこちらへ連れてきたらいい、
ちび・パコは医師とイバン若様をかわるがわる量りかねるように黙って見ていた、
くるぶしの骨折は重傷ではないが、厄介なんだ、お気の毒だな、イバン、別の助手を手配しなくちゃなんないぞ、

イバン若様は少しの間当惑の体だったが、
　まったくひでえことになったもんだ、でも、まだおれ、ツイてたよ、
絨毯の端を指差して、
　パコのやつ、ちょうどこのくらいの所に落ちてきたんだ、もう少しで、おれ、首の骨折られると
　ころだったよ、助かったのは奇跡さ、
一、二分会話を交わしたあと、二人は荘園に帰った、そして一週間が経過した、イバン若様はちび・
パコをランドローバーに乗せて再びコルドビリャに行った、医者が添え木を外す前からイバン若様は
医者に頼み込んだ、
　おい、二十二日には何とかよくなって、働けるようにしてくれないかね、
しかし、医者は平らな首筋を激しく振って拒否した、
二十二日というと、つまり明後日じゃないのかね、イバン、この人はな、四十五日間ギプスはめ
てないといけないのだよ、あ、そうだ、松葉杖買ってあげてくれ、そして、一週間経ったら家の
　中だけで松葉杖ついて歩き始めるようにするとよい、
　ギプスをはめ終わると、ちび・パコとイバン若様は荘園への帰途に着いた、二人を結びつけていた、
何かとても大切な絆がこわれてしまったように静かで、二人の間に距離ができていた、時々ちび・パ
コはその絆がこわれてしまった責任を感じて溜息をついた、そして緊張を和らげようと努めた、

イバン若様、私の方がもっと残念に思っていますよ、信じて下さい、

しかし、イバン若様はフロントガラスの遥か先を一心に見つめたまま、物も言わずに眉間にシワを寄せて運転していた、ちび・パコは微笑みながら、足を動かそうと懸命になっていた、

こいつ、重い、

と言った、

しかし、イバン若様は考え込んだまま動こうとはしなかった、地面のくぼみを避けながら走った、ちび・パコの四回目の試みの時、イバン若様は爆発した、

いいか、パコ、医者は何とでも言うさ、だけど、お前は自分をほったらかしにしちゃいかんのだ、努力するんだ、歩くんだ、亡くなったおれのお祖母(ばあ)さんは、何もしなかったばかりに終生片足引きずって歩くようになってしまった、こんな場合松葉杖をついてもつかなくても、足動かさなくちゃなんないよ、痛くとも外を出歩かないといけない、そのまま足を動かさないでいたら、罰を食らうのは自分だ、これは言っておくぞ、

荘園の表門を通り過ぎると、中庭でミヤマガラスを肩に止まらせているアサリアスと出くわした、アサリアスは自動車のエンジン音が聞こえると、イバンとパコの方を振り返り、ランドローバーの運転席の窓ガラスに近付いてきた、歯茎を見せ、涎を垂らしながら笑っていた、アサリアスは、

うちのトンビちゃんは他の鳥たちについて行きたくなかったんでしょう、ね、キルセ、そうだよね、

とミヤマガラスを撫でながら言ったが、キルセはヤマシギの眸のような暗く丸い静かな瞳でイバン若様を見ながら黙っていた、イバン若様はアサリアスの肩の上に止まっている黒い鳥を面白がって、自動車から下りた、

お前、鳥の調教もできるのか、

と尋ねた、

そして、イバン若様がミヤマガラスを摑まえようとして腕を伸ばすと、鳥は驚いて、キーアッと鳴き声を発して礼拝堂の庇の所まで飛んで行ってしまった、アサリアスは顎を左右に動かして、けらけらと笑うと、

怖がっています、

と言った、

イバン若様は、

当たり前だよ、おれに驚いている、おれに馴れてないからね、

鳥のところまで視線を上げると、

もう、あそこから下りてこないのかね、

と、尋ねた、

するとアサリアスは、

下ろせなくないです、待って下さい、

アサリアスは、滑らかできれいな抑揚をつけてキーアッと喉から声を発した、ミヤマガラスはほんの少しの間、もじもじと脚を振り子のように動かしていたが、頭を傾けて囲い場を見下ろしたかと思うと、やがて、身を宙へ躍らせた、羽を広げて滑空し、自動車の周りを二回、輪を描いて回り、アサリアスの肩の上に止まった、白茶けた羽の中に虫を捕るように嘴を突っ込んでほじくり始めた、イバン若様は驚いて、

こいつは面白い、飛んで行くけど逃げないな、

ちび・パコは松葉杖に体重をかけながら、ゆっくりと二人の方に近付くと、イバン若様に向かって言った、

あれはアサリアスが調教したものです、よく馴らしてあります、ご覧になって下さい、

イバン若様はますます興味を示した、

こいつ、日中は何をしているのかい、

ちび・パコは、

ええ、何でもやりますよ、コルクガシの皮を剝がしたり〔皮はなめして使用する〕、ガラスのカケラ探したり、水飲み場の石で嘴を研いだり、川原で居眠りしたり、したい放題して時間を過ごしています、

パコが話をしている間イバン若様はじっとアサリアスを観察していたが、やがて、ちび・パコを見

て、まるで自分に向かって話すように、肩のところから言葉を滑らせた、
おい、パコ、この器用さを無駄にしているよ、お前の義兄さんは、よい狩猟助手になれると思わないか、
しかし、ちび・パコは頭を振って否定した、左足に体を預け、右手で額を指して言った、
モリバトならいいですがね、ヤマウズラには通用しませんね、
その日以降、イバン若様は続けてちび・パコを訪れては扇動した、
パコ、体動かせよ、怠けたらいかんぞ、半身不随みたいに見えるぞ、おれの言ったこと忘れるな、
しかし、ちび・パコは病気のセッター犬のように、憂鬱そうな目つきでイバン若様を見ていた、
簡単におっしゃいますがね、イバン若様、
イバン若様は、
いいか、二十二日は差し迫っているんだぞ、
ちび・パコは、
何をするんですか、何もできなくて残念なのは私の方ですよ、イバン若様、
イバン若様は、
残念なのは私だ、残念なのは私だと、下手な嘘やめろよ、人間は意志が大事なんだ、意志なき人間は人間ではないってこと、パコ、わかろうとしないな、お前、おい、頑張れよパコ、たとえ痛

くとも努力すべきだ、努力しないと生きてはいけないぞ、これから一生使い物にならなくなってしまうぞ、わかるか、
イバン若様はパコを駆り立て、促し、急かせ、とうとうちび・パコは泣きじゃくりながら、つっかえつっかえ、
足をそっと下ろすだけでも、足の甲を切られるように、すごく痛いんですよ、イバン若様、
イバン若様は、
痛いのは、パコ、妄想、妄想だよ、松葉杖ついて歩けないのか、
ちび・パコは、
ご覧の通り、平らなところを時間を掛けてやっとです、ほら、この通りですよ、
しかし、二十二日の朝は明けて、頑迷なことにイバン若様は、曙と共に茶色のランドローバーに乗ってちび・パコの家の戸口に現れた、
さあ行くぞ、パコ、用心して行くからな、お前は心配しなくてよい、
ちび・パコは、ちょっとためらいながらイバン若様に近付いたが、イバン若様のズボンの下のブーツの皮の臭いや、タチジャコウソウ〔南ヨーロッパ原産のシソ科の常緑の小低木〕とラベンダーの匂いを嗅ぐと、自分の足のことを忘れて自動車に乗った、レグラはすすり泣きしながら、
イバン若様、私たち、これで後悔するようなことにならなければよろしいのですが、

イバン若様は、
　安心してくれ、レグラ、五体満足に返してあげるとも、
　大邸宅では、この大会のためにマドリードからやってきた若様たちが準備に大わらわ、大臣様、伯爵様、それに狩り出しの射撃が好きなミリアムお嬢様も加わり、みんなは、パンとコーヒーの朝食を取りながらタバコを吸い、大声を張り上げた、パコが食堂に入っていくと、一層みんなは盛り上がった、ちび・パコは狩猟大会の関心を一身に集めているように見えた、みんな入れ替わり立ち替わり、ちび・パコのそばにやってきて、
　やあ、パコ、
　落っこちるなんて、どうしたんだね、でも、大切な鼻の骨折ってたらもっと大変だったよな、
　大使は大臣に、狩猟の際、パコが発揮する鼻の優れた能力のことを小声で話して聞かそうとしていた、パコは一人一人みんなに気を配っていた、証拠のように松葉杖を前に突き出して強調していた、
　この包帯取れなくて、ごめんなさい、
　みんなは、
　なんの、なんの、パコ、
　ミリアムお嬢様は朗らかで輝くような微笑みを浮かべて、
　パコ、今日は良いお天気かしら？

ミリアムお嬢様の真顔の懸念に、みんなは静まり返った、ちび・パコは、みんなに向かって宣告した、
午前中は晴れわたるでしょう、うまくいけば、大猟だと私は思いますよ、
この時イバン若様はフローレンス風宝石箱の引き出しから、タバコ入れのような皮のケースを取り出した、手垢と時の経過で黒ずんでいた、中には真珠貝のプレートが入っていた、誰かが言った、
さあ、運命の一瞬がやってきたぞ、
古式にのっとって、端に数字が隠されているプレートを一人一人厳粛な面持ちで引いた、
二人ずつの組にして廻そう、
とイバン若様が言った、
伯爵氏が初めにプレートを引くと、大声で叫んだ、
九番だ、
そして、何の説明もせず、バカのように感情を爆発させ、手を叩き始めた、
その顔に満足の表情が漲(みなぎ)ったので、大臣は伯爵のところにやってきて、
九番ってそんなにいい数字ですか、伯爵さん、
伯爵は、
いいのなんのって、大臣さん、山を下った谷間になっている岩場なんですよ、バカみたいに撃ち落せるんですよ、鳥があんたを見たいと思った時、鳥が驚くヒマがないくらいによく落とせるん

ですよ、去年はその場所で四十三羽撃ち落しましたよ、

その間、イバン若様はノートに、対応する番号と射手の名前を書き付けていった、番号を書き終わると、ノートを狩猟チョッキの上部ポケットにしまった、

さあ、そろそろ出発しようか、遅くなるよ、

と促(うなが)した、

めいめいは、それぞれのランドローバーに、それぞれの助手と二連銃のセット、カートリッジの皮袋を積み込んだ、警備長・クレスポはトラクターの牽引車に、勢子(せこ)、ラッパ手、旗手たちを乗せ、ようやく一同は出発した、イバン若様は、パコと一緒にランドローバーに乗り、猟場のシェルターまでの轍のないオフロードを運転しながら、口先だけでなく、いろいろと細やかな心遣いをちび・パコにみせた、渇水期の小川を渡る時など、車が揺れないように細心の注意を払った、

パコ、お前、ここで待機していてくれ、動くなよ、おれはそのトキワガシの後ろに車を隠してくる、

こうして、狩りはすべて順調に進行したが、唯一順調でなかったのは獲物の回収だった、というのは、パコは松葉杖を使ってのろのろと作業するので、他の組より遅れる、すると隣のシェルターの助手が、パコがもたついてる隙(すき)に、イバンの撃ち落した鳥を横取りして持って行ってしまう、

イバン若様、セフェリーノが自分のでないヤマウズラを二羽持って行ってしまいました、

と、ちび・パコがぼやいた、

イバン若様は怒って、
セフェリーノ、その鳥二羽ともこっちへよこせ、悪いやつだ、他人の足の怪我につけこんで人をバカにする気か、
と大声を上げた、
しかし、次はファクンドだったり、ブタ飼い・エセキエルだったり、とてもみんなを相手に裁ききれなかった、それが度重なるとイバン若様は機嫌が悪くなって、
パコ、ほんのちょっとだけでよいから、素早く動いてくれよ、ごろごろローラーみたいだぞ、うかうかしてると、お前自分のパンツまで盗まれちまうぞ、
ちび・パコは素早く動こうと努めたが、地面が凸凹(でこぼこ)していて、とてもうまく動けず、足を平らに動かすこともできなかった、そして不意に〝がきーっ!〟と、ちび・パコは蛙のように地面に倒れてしまった、
あっ、イバン若様、また骨が折れました、折れるのが自分で分かったんです、
荘園の射撃大会の歴史始まって以来初めて、イバン若様は三回目の狩り出しになっても、獲物が伯爵様より五羽も少なかった、イバン若様はパコに近付くと、我を忘れて悪態を浴びせた、
どうした、パコ、意気地ねえぞ、おまえ、オカマか!
しかし、ちび・パコは地面に倒れたまま訴えた、

イバン若様、また足の骨が折れました、
イバン若様の悪態はコルドビリャの町まで届かんばかりだった、
　何とかして動けないのか、やってみろよ、少なくとも立ち上がるくらいは、さあ、
しかし、ちび・パコは、イバン若様の悪態には耳を貸さなかった、地面のうねったところに凭(もた)れ掛かって立ち上がろうともせず、負傷した足を両手で抱え込むばかりだった、イバン若様はとうとう諦(あきら)めて、
　わかったよ、パコ、クレスポに言って家に連れて行ってもらおう、家で寝てろよ、午後、大会が終わったらマヌエル医師のところにお前を連れて行くよ、
数時間後、マヌエル医師はイバンを見て、腹を立てて言った、
　もっと注意してもらわないとな、
ちび・パコは弁解しようとした、
　わたしは……
しかし、イバン若様は急いでパコを制して言った、
マノーロ〔マヌエルの愛称〕、なんとか頑張ってくれよ、おれの下位には大臣しかいなくなってしまったんだよ、
医者は怒って、

また骨折だよ、当然の結果だね、当たり前だろう、だって、新しい骨の付きかけのところだったんだ、絶対安静だったんだよ、

イバン若様は、

それで、明日は、明日は、おれ何すりゃいいんだ、マノーロ、おれ、気まぐれ言ってるんじゃない、本気なのだ、

医者は白衣を脱ぎながら、

イバン、したいようにするがいいさ、だけど、この人を一生台無しにしてしまうかどうかは、きみ次第さ、

茶色のランドローバーの中でイバン若様は静かで無言だった、ずっとタバコの火を絶やさなかった、ちび・パコが故意に怪我したとでも思っているように、ちび・パコの方を見向きもしなかった、

医者のヤツも意気地なしだ、役立たずだ、

時々一人で口の中で繰り返し呟いた、ちび・パコは口を噤(つぐ)んだ、ふくらはぎで新しいギプスの湿り気を感じていた、ターパス川の浅瀬を渡った時、自動車の後ろから野犬が数匹現れ、吠えて追っかけてきた、その吠え声に、イバン若様はふと我に返ったように見えた、幻を追い払うように頭を振ると急にちび・パコに尋ねた、

お前のところの二人の男の子のうち、どっちが賢いのかね？

パコは、
どっちともいえませんね、そこそこです、
イバン若様は、
この前、囮バトを連れていっしょにきてくれたのは、何という名前だったかね？
キルセです、イバン若様、猟向きの子です、
イバン若様は、少し間を置いてから、
あんまりおしゃべり、ともいえないな、
パコは、
そうですね、いつもあんな調子ですよ、若者特有の、
なあ、パコ、どこへ行っても楽しまない、現代の若者はいったい何が欲しいのか、言ってくれるか、
イバン様はまたタバコに火を点けながら、
翌朝、シェルターの中で、張り詰めたように一言も喋らないキルセの横柄そうな無関心の前に、イバン若様は居心地よくなかった、
　退屈したのか、
と尋ねると、キルセは、
　そうですね、退屈してることも、退屈してないこともありませんね、

そう言うと、鉄砲撃ちと自分は関係ないというようにまた静かになった、しかし、素早さと正確さで二連銃に弾を込め、ヤマウズラを撃ち落した場所を間違いなく特定した、だが、獲物回収の段になると、隣接する猟仲間の連れている助手たちの貪欲さの前に弱腰の態度だったので、イバン若様は声を荒げた、

こら、セフェリーノ、おれの助手が新人だからといって付け入るなよ、さあ、その鳥、こっちによこしな、

シェルターに入ると一つ同じ家の中にいるような状態なので、打ち解けた話もできる、イバン若様はキルセに猟への情熱を吹き込みたいと思った、

しかし、青年は、はい、いいえ、ひょっとして、たぶん、いいですかなどと言うばかり、煮えきらず、猟への興味を掻き立てたいという意図から離れ、ますます扱いにくくなり、イバン若様は電気を充電されたように気が重くなり、猟が終わって大邸宅の広い食堂に入って、ようやく寛（くつろ）いだ、

今の若いやつらは自分が何が欲しいかさえ分かっちゃいないのだ、なあ、大臣、我々が苦労して得たありがたい平和を、彼らは、いとも簡単に手に入れてしまったのだ、いや、内戦の話だがね、かつて、彼らは今のような暮らしはしてなかったよ、今じゃいつでも誰でも百ペセタくらいポケットに持っていられるんだ、昔は百ペセタ持ってることで、おれ、彼らの前では威張っていた、ところでな、今日、パコの息子がおれにしてくれたこと、みんな聞いてくれるか？

大臣はイバン若様を横目で見ながら、パクパクとヒレ肉を食べた後、白いナプキンで口の端を丁寧に拭っていた、
それで？
イバン若様は、
いや、簡単なことだが、猟が終わって、やつに百ペセタ札一枚渡そうとしたんだ、そしたら、やつは、いいえ、どうぞお構いなくだと、だからおれは、そんなこと言わないでこれで一杯やってくれよ、で、やつは、ありがとうとだけ言った、おれは、やつに、いいえ、どういたしましてだ、それ以外に言いようがないじゃないか、どう思う？　四日前にやつの親父のパコは、いつもどうもありがとうございます、イバン若様、とちゃんとおれに言ったものだ、イバン若様、と後ろにつけて言うのは、たいがいの場合、尊敬の意味があるんだが、今時の若い者は階級制度を受け入れるのが嫌なのだね、おれが言いたいのはな、大臣、ひょっとしたら、おれ間違っているかもしれないけど、誰でもみんな、階級制度に敬意を払わなくちゃならんのだ、ある者は下の者に、ある者は上の者に対して、それが生き方というものだ、そうではないかね、大臣、
会食者たちは数分間じっとしていた、その間大臣は頷き（うなず）ながら口ではものを噛んでいて話ができず、口のものを喉の奥に呑み込むと、唇を白いナプキンで丁寧に拭いてから裁定を下した、
あらゆる階級に支配力の危機が及んでいますな、

会食者たちは大臣の言葉にうんうんと首を縦に振り、そうだそうだと賛成した、その間ニエベスは、汚れた皿を左手で片付け、新しい皿を右手を使ってテーブルに置いていった、落ち着いた眼差し、きりっと締まった唇、イバン若様は少女の動きを注意深く目で追っていた、そばにやってきた時、ニエベスを真正面から穴の開くほど見ると、少女は真っ赤になった、するとイバン若様は言った、

あんたの兄貴のキルセは、なぜあんなに無愛想なんだね、

ニエベスはますます息苦しくなり、両肩を持ち上げると、あいまいに微笑んだ、そして、ようやく震える手でイバン若様の右側に新しい皿を置いた、そういう次第で、食事の間ニエベスは、足が地につかなかった、夜、就寝時、イバン若様は、ニエベスをまた部屋に呼んだ、

ねえ、お前、このブーツ脱がしてくれないかね、脱がさせないと靴に言われてるみたいで、どうして脱いだらいいのかわからないのさ、

少女は、最初は靴の先を引っ張り、それから踵(かかと)、先、踵、先、と交互に引っ張って、やっとブーツは脱げた、するとイバン若様はけだるそうに、もう片方のブーツも脱がせてもらおうと少女の前に足を上げた、

こんどはこっちだよ、両方ともやってくれないかな、

ニエベスがもう片方のブーツも脱がせた時、イバン若様は両足を絨毯の上に休ませ、かすかに微笑むと少女を見ながら言った、

なあ、お前、急に大人びた体つきになったな、すてきなボディだよ、
当惑したニエベスは消え入るような声で、
若様、もし他にご用がなければ……
イバン若様はとたんに笑い出した、隠し立てのない朗らかな笑いだった、
お前の家族の中では、お前の父さんのパコは一番りっぱだよ、お前の格好がよいと褒めてあげるのは迷惑かね、
ニエベスは、
いいえ、そんなことはありません、イバン若様、
するとイバン若様はポケットからタバコケースを取り出し、一本引き抜くと箱にぽんぽんと打ちつけた後、火を点けた、
お前、いくつになるね、
ニエベスは、
十五歳になるところです、イバン若様、
イバン若様は深い椅子の背に項（うなじ）をもたせかけ、ゆったりと寛いだ、タバコの煙を吐くと、煙は細い渦巻きになってゆっくりと立ち昇った、
ほんと若いんだね、さあ、行っていいよ、

と退出を許した、

しかしニエベスがドアのところまでいくと声を掛けた、

そうだ、兄貴に言っといてくれ、次の猟の時にはあんな無愛想はやめてくれ、とな、

ニエベスは出て行った、しかしそのあとキッチンで皿洗いをしていた時、くるくると皿をまわし拭きしていた手が滑ってスープ皿を一つ落として割ってしまった、猟大会のたびにコルドビリャから、この荘園に手伝いにきているレティシアがニエベスに聞いた、

　今夜のあなた、どうかしてるわ、どうなさったの、

しかし、ニエベスは黙ったまま当惑から抜け出せなかった、後片付けが終わったのは十二時を過ぎていた、家への道、庭を横切った時、イバン若様とプリータ様が中庭の東屋（あずまや）の蔓棚の下、月の光を浴びて、激しいキスをなさっているのをニエベスは見た。

第六巻

犯罪

ペドロ技師様はためらいと不安を押し隠し、さも大事な用向きがあるような振りをしてちび・パコの家に現れた、口の端は、頰の方、耳たぶまでひきつれて、屈託は隠しようもない、

つまり、レグラ、あんたは、家内のドニャ・プリータがここから出て行くのを見てないんですな、

レグラは、

あれま、いいえ、ペドロ旦那様、この門からは、お出になってませんよ、昨晩はイバン若様の自動車を通してあげるのにカンヌキを取ってさしあげました、それだけです、

ペドロ技師様は、

たしかにその通りかね、レグラ、

レグラは、

あれま、金輪際（こんりんざい）、嘘ではありません、ペドロ様、

レグラのそばで、ちび・パコが松葉杖に寄りかかって、レグラの証言を、そうですともというように頷いていた、アサリアスは肩の上にミヤマガラスを止まらせ、バカのように薄ら笑いしていた、埒（らち）が明かないのを見て取ると、ペドロ技師様は諦めて皆から離れ、失ったのは奥様ではなく財布だったように、うな垂れ、肩を丸め、袖なしマントの両方のポケットを片方ずつ叩きながら、囲い場の前をい、い、い、大邸宅〔オーナーの館〕の方へ行ってしまった、ペドロ技師様が視界から消えたとき、ニエベスが、ニニャチーカのチャリートを抱いて戸口に現れ、出し抜けに言った、

父さん、ドニャ・プリータは、昨晩、中庭の東屋（あずまや）でイバン若様と抱き合っていらしたわ、そして、
キスしてた、驚いたわ、

恥ずかしさを堪（こら）えるように顔を伏せた、ちび・パコは松葉杖を前に突き出し、それに寄りかかりながらニエベスのところに辿（たど）り着くと、

お前は、黙っていなさい、

と驚いて言った、

二人がいっしょにいるのを、お前が見たことを知っている人、誰か他にいるかい、

ニエベスは、

そんなのわからないわ、夜の十二時過ぎてたし、大邸宅には誰一人いなかったわ、

ちび・パコは、感度の優れた平らな鼻の穴と目から不安を溢れさせ、いっそう声を低めた、

このことに関しては、お前は一言も誰にも喋（しゃべ）ってはならぬ、いいか、若様たちのこんなことに関して、お前は、見たこと、聞いたこと、喋ってはいけません、

しかし、ペドロ技師様が引き返してきた時、父親と娘の会話はまだ終わっていなかった、ペドロ技師様のショートコートのボタンは外れ、ネクタイはなし、青い顔して、毛むくじゃらの大きな手は体の脇にだらりと垂れ、まるで下顎が外れているようだった、

ドニャ・プリータは大邸宅には絶対いない、

少しためらった後ペドロ様は言った、
ドニャ・プリータはどこにもいない、荘園の人たちに知らせて下さい、たぶん、ドニャ・プリータは誘拐されたに違いない、このままここで腕組みしてちゃ時間の無駄だ、
しかし、ペドロ様は腕を組んでいたわけではなかった、手と手を擦(こす)り合わせていた、そして狂ったような上目遣いでみんなを見ていた、ちび・パコは囲い場の周りの家々の皆に集まるように知らせに行った、みんなが集まったところでペドロ技師様は水飲み場の上に登って、ドニャ・プリータの失踪を皆に告げた、
私が昨晩寝た時、ドニャ・プリータは大邸宅に残って、皆さんのお休みの準備を指揮していた、それ以後、私はドニャ・プリータとは会っていない、皆さんのうち、夜十二時過ぎ、誰かドニャ・プリータを見かけた人はおらんかね、
人々は何とも不可解なという表情でお互い顔を見合わせた、中には上唇の上に下唇を乗せてみせ、自分は知らないことを強調したり、頭を振ってきっぱりと否定する人もいた、ちび・パコはニエベスをじっと見ていたが、ニエベスは見られるにまかせた、ニエベスは、はい、とも、いいえ、とも言わず、知らん顔してチャリートをゆらゆらと揺すっていた、しかし、ペドロ技師様はニエベスと目が合った、ニエベスはぎくっとなって顔を赤らめた、
なあ、キミ、

とニエベスに言った、

　なあ、おれたちが退出した時、キミは大邸宅にいたんだよね、その時ドニャ・プリータはあのあたりを動き回っていたが、その後、ドニャ・プリータを見かけなかったかね、

　ニエベスは慌てて否定した、頭を左右(ひだりみぎ)と揺らして拍子をとり、腕の中のニニャチーカをあやしていた、ニエベスの否定の前に、ペドロ技師様は、またまた悲しそうにショートコートの大きなアコーデオンプリーツのポケットを繰り返し手探りし、口の右端を神経質そうに動かしては頬の内側の肉を噛んでいた、

　けっこうです、

と言った、

　もう、みんな行ってよろしい、

レグラに向き直ると、

　レグラ、ちょっと待ってくれ、

レグラと二人きりになると、ペドロ技師様は緊張を解いて言った、

　ドニャ・プリータは彼、つまりイバン若様といっしょにここを出て行ったことは間違いない、ちょっと、おれをかつごうとしてな、他を考えることはないよ、他の可能性はない、絶対、この門から出て行ったことは間違いない、でないと説明がつかないよ、

レグラは、

あれま、イバン若様といっしょに行ってないことは絶対確実ですよ、ペドロ様、イバン若様はお一人で出ていかれました、出しなにあたしにこう言われました、パコの看護をよろしくね、お分かりになりますか、月末には、またハト猟のため、ここに戻ってくる、パコはハト猟に必要だ、とそれだけ言われました、そしてあたしはイバン若様のためにカンヌキを外してあげて、それで、イバン若様は行っておしまいになりました、

しかしペドロ技師様は苛々(いらいら)していた、

イバン若様はメルセデスに乗っていたんじゃないかね、レグラ、

そう言って視線をレグラに釘付けにした、

あれま、ペドロ様、あたしそんなことまで分からないこと、ご存じでしょう、青色の自動車でしたよ、それでよろしいですか、

ペドロ様は、

やっぱりメルセデスだ、

と確認した、そして、ペドロ技師様は様々に嫌悪の表情を変えてみせたので、レグラは、二度とペドロ様の顔をまともに見るまいと思った、

レグラ、もう一つだけ聞きたい、後ろの座席に、ひょっとしてイバン若様はギャバジンのトレン

チコートか何か、それとも大きなカバンを置いてなかったかね、

レグラは、

あれま、ほんとのことを言って欲しいとお望みなら、申し上げますけど、そこまではあたし、気が回りませんでしたよ、ペドロ様、

ペドロ様は大した問題ではないよと微笑もうとしたが、しかめ面は凍りつき、唇は胃痛の表情になり、レグラの方に体を傾け、内緒話のように耳に口を近付けるとはっきりと言った、

レグラ、返事する前に二度考えてから返事してくれ、もしかして自動車の後ろの座席にドニャ・プリータが横倒しになって、コートか何か上に掛けられて行ってしまったかどうかが問題なのだ、分かってくれ、彼女を信用してないわけではない、そうじゃなくて、お前も分かってくれてるように、たぶん冗談半分で、おれにヤキモチやかせようとして、マドリードに行ってしまったかどうかなのだよ、

レグラの視線は瞬間鋭くなり、繰り返し否定した、

あれま、あたしはイバン若様しか見ませんでした、ペドロ様、イバン若様はあたしが車に近付いたとき、レグラ、パコをよく看護してやってくれ、わかってるね……

わかった、わかった、わかった……

とペドロ様は怒って遮った、

その話は前に聞いたよ、レグラ、

急にくるりと向きを変えると遠ざかって行った、その時を境に、ペドロ様は顎を胸につけ、背中を曲げて肩をすくめ、まるで透明人間になりたいとでも言うように、両方の手の平でショートコートの大きなポケットのアコーデオンプリーツの上をぱたぱたとせわしなく叩き、頬肉を内側から嚙みながら、荘園の中をあてもなくしょんぼりと彷徨(さまよ)うのが見かけられるようになった、このようにして一週間が過ぎた次の土曜日、荘園の門の前でメルセデスのクラクションが鳴った時、ペドロ技師様は震えが起こった、それを他人に知られないように、片手でもう片方の手を押さえながら、急いで門の所に駆けつけた、そしてレグラがカンヌキを取り外している間、ペドロ様はじっと堪えていた、車が進み、ゼラニウムの花壇のところまで滑るようにゆっくり進んできた時、みんなはイバン若様が一人であることを確認した、前面にファスナーがいっぱい付いている狩猟ジャンパーに、首にはネッカチーフを巻き、目の細かなコールテンの庇帽(ひさしぼう)を右目が日陰になるように着け、金色の肌の上に屈託のない微笑を湛(たた)えていた、ペドロ技師様はもどかしさを我慢しきれず、そこはまだ中庭だというのに、門まで出てきていたレグラとちび・パコの目の前で、いきなりイバン若様に尋ねた、

イバン、きみ、ひょっとして、あの夜、食事の後、プリータを見かけなかったかね、何が起こったのかわからないが、この荘園からプリータがいなくなっているのだが、
話していくうちにイバン若様の微笑はますます広がり、白い歯並みがきらっと光った、気取った軽

薄さで、庇を指ではじくと庇は持ち上がり、額と黒々とした生え際が露わになった、
　奥さんがいなくなったなんて、そんなまさか、ペドロ、いつもの夫婦ゲンカじゃないのですか、今頃はご実家にお帰りになっていて、あんたのお迎えを待っていらっしゃるんじゃないですかね、
　ペドロ様は、この一週間で二十年分痩せてすっかり骨ばってしまった肩を上下に動かしていた、すっと伸びた高慢な頬はひたすら青白く、絶え間なく口を動かして大仰な身振り手振りをしていたが、ようやく合点した、
　ケンカ、そう、ケンカはしたよ、イバン、いつものことで、ふつうのケンカだよ、だけどな、言ってみてくれ、問題は、どこからどうやって、女は荘園から出て行ったかだよ、レグラは、門のカンヌキはあんたの車のためだけにしか外さなかったと誓って言っている、いいか、分かってくれ、もし、原野伝いにカシの林を縫って逃亡したら、野犬にめちゃめちゃに食いちぎられること、キミ知っての通りさ、野犬は人を食うからね、ライオンやトラより獰猛だよ、
　イバン若様は右の人差し指に髪の毛をくるくると巻きつけ、ちょっと考えているようにみえたが、やがて言った、
　もし夫婦ゲンカなさったとすると、彼女、私の自動車のトランクか後部座席の隙間にもぐりこんだ可能性もありえますね、メルセデスは広いですからね、わかりますか、ペドロ、私が全然気付かないうちにね、それでコルドビリャか、それとも私がガソリン入れたフレスノか、ひょっとし

たら、その手前のマドリードでだって降りられますよ、私がぼんやりして気がつかないうちに、
　ペドロ技師様の目は涙できらきらと光っていた、
　そうだな、イバン、当然そんなことあり得るな、
と言った、
イバン若様は、庇帽をきちんと被(かぶ)り直した、そしてまた優しい微笑を浮かべた、自動車の窓越しに
ペドロ技師様の背中を、友情を篭めてぽんぽんと叩いた、
　他の事は考えない方がいいよ、ペドロ、あんたはメロドラマ好きだからね、プリータさんはあんたのこと愛していますとも、それはよくご存じでしょう、それに、
と言って笑い、
　あんたの額は手の平みたいに滑らかだね、安心して眠れるよ、
と言ってまた笑い、フロントガラスの中に身を屈めた、車を発進させると大邸宅の方へ向かった、しかし、夕食の時間の前に、再びちび・パコの家に現れた、
　パコ、足どんな具合かね、さっきはペドロ様のご立腹に辟易(へきえき)していたので、お前に尋ねることもできなかったよ、
ちび・パコは、
　ご覧の通りですよ、イバン若様、ぼちぼちです、

イバン若様は、身を屈めてパコの目をまじまじと見ると、脅しの口調で言った、
明日、囮ハト猟にいっしょに出掛けるのに都合悪いことはないな、
ちび・パコはイバン若様が本気で言っているのか冗談で言っているのか見極めようと、呆気(あっけ)にとられた表情で、じっとイバン若様を見たが、どちらとも計りかねると訊(き)いた、
イバン若様、本気で、それとも、冗談でおっしゃってるんですか、
イバン若様は親指を人差し指の上に重ね、十字架を作ると、そこへキスして真顔になった、
パコ、誓って言うが、本気だとも、お前おれのことよく知ってるだろう、おれが猟に関することで冗談は言わないってこと、お前の子供のキルセは正直言っておもしろくないよ、お前の子供に何かしてあげてるって感じなんだ、分かるか、それじゃだめなんだよ、パコ、お前おれの気心をわかってくれている、猟に出て楽しくなけりゃ、おれ、家にいた方がましだよ、
ちび・パコはギプスの足を指差して、
でも、イバン若様、このありさまで、私にどこに行って欲しいと思ってらっしゃるんですか、
イバン若様は頭を下げた、
まったくだね、
と納得した、
しかし数秒間ためらった後ふと目を上げた、

ところで、知恵遅れの例のミヤマガラスやってるお前の義兄さんはどうかね、囮ハト猟の仕事ならやれるかもしれないって、お前いつか言ってたな、

ちび・パコは頭を傾げた、

アサリアスは無垢で悪気のない人です、お試しになってみて下さい、試す分には失うものはありません、

ちび・パコは大声で言った、

粉挽き小屋のような家並みの方に目を向けた、戸口の上はみんな一様にブドーの蔓で覆われている、

アサリーアス！

やがてアサリアスがズボンをずり落としたかっこうで、ふがふがと薄笑いを浮かべ、何も食べてないのに、口をもごもご動かしながら現れた、

と、ちび・パコが言った、

アサリアス、

イバン若様が、明日お前さんを囮ハト猟に連れて行きたいと言ってなさる、

トンビちゃんといっしょにですかー？

喜びを顔に出してアサリアスが遮って言った、

ちび・パコは、

ままて、トンビちゃんではなく、今回は目を見えないようにした囮のハトといっしょだ、わかるか、そのハトをカシの木のてっぺんに結わえ付けて、ヒモでもってその囮のハトを動かしながら待機するのだ、

アサリアスは納得した、

いつか、ハーラの若様といっしょにやったようにですか？

と尋ねた、

そうだ、ハーラでやったようにだ、アサリアス、

と、ちび・パコは答えた、

翌朝七時、イバン若様は茶色のランドローバーに乗って戸口に現れた、

アサリーアス！

若様！

薄暗がりの中、影のように二人は静かに動いた、アサリアスの歯茎が擦れ合う濡れた音だけが聞こえていた、いちばん向こうの山並みに曙の光が現れ始めた、

後ろの座席に道具類とハトの入った篭を置いてくれ、木によじ登るための綱持ってるか、お前、木には裸足で登るのか、足、怪我しないのか、

しかし、アサリアスは若様の言うことには耳を貸さず、準備に没頭した、出発の前に、イバン若様

の許しを得ることなく、小屋のところに行き、混ぜ合わせたエサの容器を持って囲い場に出てくると、頭を上げ、口を少し開き、柔らかい独特な鼻声で、

キーアッ！

と鳥を呼び寄せた、すると風見鶏の尖端に止まっていたミヤマガラスが、呼びかけに応じて、

キーアッ、

鳥は下の方、自動車の周りに蠢いている影のほうを見た、囲い場はまだ夜明けの薄明かりだったが、鳥は体を前屈みにしたかと思うと空中へ躍り出た、二人のいる囲い場の周りで円を描いて飛んだ後、アサリアスの右肩の上に降りてきた、羽を半開きにして煽り、重心を取ったかと思うと前腕に跳んで移動した、鳥は嘴を開けた、アサリアスはねり固めたエサの塊を左手で鳥の嘴に差し入れてやった、アサリアスは涎を垂らしながら、優しく呟いた、

かわいいトンビちゃん、かわいいトンビちゃん、

イバン若様は、

すげえな、鳥の値打ち以上のもの食ってるよ、まだ、ひとりでモノ食えないのか、

アサリアスは、にやにやと歯茎を出して微笑んでいた、

ひとりで食えなくてどうするんですか、

食事に満足し、イバン若様が近付くと、ミヤマガラスはさっと飛び立って、礼拝堂の正面に突き当た

るとひらりと高く舞い上がり、礼拝堂の上空を飛んで庇の上に止まって、下の方を向いた、アサリアスはミヤマガラスに微笑み、手でさよならの仕草をした、自動車の中に入ると、リアウィンドウ越しにさよならの仕草を繰り返した、イバン若様は山へのオフロードの轍をたどってモーロのカシ林の方に登って行った、モーロのカシ林に着くと二人は降りた、アサリアスはトキワガシの木陰で小便をし、それを手にかけた、それが終わると、一番がっしりしたカシの木の太い枝に手を掛け、両腕で作った輪の中に足を通し、まるでサルのように屈伸させて、腕の力で一気に登って行った、それを見たイバン若様は、

　お前には、木登り綱など必要ないね、

アサリアスは、

そうですね、必要ありませんね、若様、その、ナニをこっちへ下さい、

イバン若様は囮バトの止まり棒に囮の盲バトを結わえ付けて、上に差し伸べながら尋ねた、

　アサリアス、お前いくつになったかね、

アサリアスは高い所で止まり棒を左手に持つと、口をふがふがさせ、

　若様の一つ上ですよ、

と答えた、

　まごついてしまったイバン若様は、

　若様って、どこの若様のこと言ってるんだい、アサリアス、

アサリアスは止まり棒を木に結わえ付けながら、

　若様ですよ、

イバン若様は、

　ハーラの若様かね、

アサリアスはそれには答えず、太い枝にどっかと座り、木の幹に体をもたせかけ、青空に向かって、バカのように薄笑いしていた、イバン若様はカシの木の下で、乾いた松の枝を集めてシェルターを作っていた、作り終えると、南の方角の空をじっと見た、青空は靄でぼんやりとかすんでいた、しかめ面にシワを寄せると、

　生き物の影ひとつないな、時期外れになってしまったのかな、

アサリアスは、イッチ、ニッ、イッチ、ニッ、イッチ、ニッと玩具のように止まり棒を弄んでいた、止まり棒に結わえ付けられた盲の囮バトは、振り落とされまいと一生懸命にぱたぱたと羽ばたいた、アサリアスは桃色の歯茎を見せて薄笑いしていた、イバン若様は、

　おい、アサリアス、止めないか、上空に鳥がいない時動かすのはバカだよ、囮が弱っちまうじゃないか、

しかし、アサリアスは、イッチ、ニッ、イッチ、ニッ、イッチ、ニッと子供が玩具でいたずらする

ようにヒモを引っ張り続けた、イバン若様は、空に一羽もヒメモリバトが見えず、ツキのない朝を予感し、段々と苛々の性格が表に出てきた、

アサリアス、静かにと言ってるぞ、聞こえないのか、

イバン若様の怒りに触れてアサリアスは怯(ひる)んだ、太い枝に突っ立ったまま動きを止めた、まるで歯のない赤ん坊が母親に抱かれているように無邪気に微笑んだ、数分後、五羽のヒメモリバトが現れた、紺碧(こんぺき)の天空に現れた五つの点であった、イバン若様はシェルターの中で鉄砲を構えて口を半ば開いて呟いた、

きたぞ、それー、ひっぱれー、アサリアス、

アサリアスはヒモの端を摑んで引っ張った、

そうだ、その調子、それそれ、

しかしヒメモリバトは囮バトを無視した、右に回り、地平線の中に、現れた時と同じようにすっと見えなくなってしまった、しかし十五分後、南西の方角にもっと密集した群が現れた、しかし、また同じ状況が繰り返され、ハトの群は囮のハトを見向きもせず、コルクガシの林の方に折れ曲がって行った、イバン若様は腹立ちまぎれに、

こんちきしょうめ、囮には目もくれねえや、まったく、アサリアス、下に降りろ、アリソンに行こう、こっちに数が少なくなっているのは、今日はきっと、みんなあっちの巣へ行っちまったからだよ、

アサリアスは止まり棒を背負って木から下りてきた、二人はランドローバーに乗り、岩場を避けながらアリソンへ向かった、小さな丘に着くと、アサリアスは小便をして、それを手にかけた、すばやく大きなコルクガシによじ登って囮を結わえ付けて待機したが、そこでも鳥の動きがあるようにはみえなかった、と判断するのは早過ぎかも知れなかったが、イバン若様は我慢できなくなっていた、

アサリアス、下に降りろ、まるでここは墓場だ、いやんなっちゃうな、ますます状況が悪くなってきたな、

また場所変えをした、しかし、ハトの数は少なく、ぱらぱらと飛んでいるだけで、囮を怪しみ、寄り付こうとはしなかった、午前も半ばを過ぎ、イバン若様はハトの待ち伏せに飽きてしまい、ムクドリ、ツグミ、オナガ〔カラス科の鳥〕、カササギなど手当たり次第、まるで狂ったように撃ち始めた、射撃の合間合間に狂った人のように大声を上げた、

ツイてない時は、なにをやってもだめなんだ、

やけっぱちの振る舞いと悪態にも飽きると木のそばに戻ってきて、アサリアスに言った、

止まり棒を片付けて降りて来い、アサリアス、今朝はどうしようもないよ、午後になったら、ツキが変わるかもしれん、

アサリアスは道具一式を片付けて下に降りた、陽の当たった山の斜面を掻き分けて、ランドローバーを停めておいた場所へ進むと、二人の頭上遥か高い所にミヤマガラスの大群が現れた、アサリアスは

目を上げた、手で庇(ひさし)を作り、微笑み、訳の分からない言葉を口の中で呟いた。そして、そのあと、イバン若様の前腕を小突いた、

待って下さい、

と言った、

イバン若様は不機嫌に、

待てとはどういう意味だ、このやろう、

アサリアスは涎を垂らしながら、鳥の声の聞こえる高い空を指差した、鳥の声は距離があるので、和(やわ)らいで聞こえた、

トンビがたくさんいますよ、見えませんか、

若様の返事を待たずに、顔を上げた、表情ががらっと変わった、手でメガフォンを作って叫んだ、

キーアッ！

すると大きな群から急に一羽のミヤマガラスが離れて、イバン若様の目の前に、悪魔のような速さで、眩惑(げんわく)するように、上から下へ垂直に降りてきた、イバン若様はとっさに銃を構えた、鳥の動きに合わせて上から下へと狙いを付けた、それを見たアサリアスの微笑は歪(ゆが)んだ、顔が歪んだ、目にパニックが走った、我を忘れて大声を張り上げた、

撃たないで、若様、あれ、トンビちゃんです、

しかし、イバン若様は右頬に銃床が強く押しつけられるのを感じていた、今朝の溜まった不猟のうっぷんが自分を駆り立てるのを感じていた、同時に、上から下へ垂直に照準を合わせることの難しさが刺激していることも感じていた、しかし、アサリアスの嘆願の声もはっきり聞いていた、
若様、お願いです、撃たないで下さい！
イバン若様は自制が利かなかった、照準器の中で鳥を捕らえると、照準の先を狙って引き金を引いた、爆発音と同時にミヤマガラスは黒と青の羽を空中にひらひらさせ、自らの上に脚を縮め、頭を曲げてくしゃくしゃになって、宙返りをした、鳥が地面に着くより早く、アサリアスは虚ろな目でゴジアオイなど山の雑草や囮のハトの篭を避け、若様のそばを騒々しく叫びながら駆け下りて行った、
あれ、うちのトンビちゃんです、若様、うちのトンビちゃんを殺しましたね、
イバン若様はアサリアスの後ろで大きく立ちはだかり、まだ硝煙の残る銃を折り開けて笑った、
バカなやつ、かわいそうに、
と自分に言い聞かせるように言い、その後、声の調子を上げて、
心配するな、アサリアス、お前には別のをあげるよ、
しかし、アサリアスは背の高いゴジアオイの根元に座って、平らな両手の間に瀕死の鳥を支えていた、生暖かい、濃い血が指の間を滴り落ちていった、破壊された体の奥に、今際（いまわ）の途切れ途切れの心音を感じていた、

その上に体を傾けると静かにむせび泣いた、

　かわいいトンビちゃん、かわいいトンビちゃん、

イバン若様はアサリアスのそばにきて、

アサリアス、赦（ゆる）してくれなくちゃ、今朝の不猟で気が立っていた、自制が利かなかった、分かってくれ、本当だ、

しかし、アサリアスは耳を傾けようとはしなかった、くぼめた手の平で、瀕死のミヤマガラスに自分の熱を伝えて保持しようとするかのようにぎゅっと締め付けた、そして虚ろな眼差しでイバン若様の方を見上げた、

　死にましたよ、うちのトンビちゃんは死にましたよ、若様、

と言った、

　こうして、数分後には、アサリアスはミヤマガラスを両手で抱えて車から囲い場に降り立った、ちび・パコが松葉杖を支えに外に出てきた、イバン若様は、

　お前の義兄（にい）さんを何とか慰めてやってくれないか、パコ、義兄（にい）さんの鳥を殺（や）っちまったのさ、大泣きされちまって、弱ったよ、

と笑って、続けて弁解に努めた、

　パコ、お前おれのことよく理解しているよな、待ち伏せ猟していても一向に鳥が現れなかったの

だ、そんな朝ってどんなものか、わかるだろう、五時間も待ちぼうけだったんだ、そんな時そのミヤマガラスのやつが上から急降下してきたのさ、な、わかるだろう、こんな状況では誰だって引き金引きたくなるじゃないか、パコ、義兄(にい)さんに説明してやってくれ、気悪くするなってこと、おれ、別のミヤマガラスをあげるよ、荘園にはそんなの腐るほどたくさんいるからな、

ちび・パコはイバン若様とアサリアスをかわるがわる見た、イバン若様は、狩猟チョッキの脇の下に親指を挟んで、ニコニコ微笑んでいた、アサリアスは平らな両手で死んだ鳥を庇(かば)いながら、身を縮こませ、小さくなっていた、やがてイバン若様はまたランドローバーに乗って車を発進させた、運転席の窓越しに言った、

アサリアス、そんなに悪くとらんでくれ、そんなもんたくさんいるさ、四時にはまた迎えにくるよ、午後にはツキが変わると思うよ、

しかし、アサリアスは両の頬に大粒の涙を流していた、

かわいいトンビちゃん、かわいいトンビちゃん、

と繰り返した、

鳥が指の間で硬くなっていくにつれて、もはや死体ではなく物体に過ぎないとわかった時、アサリアスは木の椅子から立ち上がり、ニニャチーカの寝かされている木箱に近寄った、その時ニニャチーカのチャリートが痛々しい悲鳴をあげた、アサリアスは前腕で鼻を擦りながら、レグラに言った、

レグラ、ねえ、ニニャチーカはね、若様がトンビちゃんを殺したのが悲しくて泣いてるんだね、

しかし、午後イバン若様がアサリアスを迎えに立ち寄った時、アサリアスは別人のようだった、毅然として、洟(はな)も垂らしてはいなかったし、盲の囮バトの入った篭や、斧や鳥の止まり棒や、朝持っていった綱の二倍の太さの綱などをランドローバーの後部に載せた、その朝、何事もなかったように落ち着いていた、イバン若様は笑っていた、

そんなでかい綱で、まさかお前、止まり棒を動かすんじゃないだろうね、

アサリアスは、

見張り場に登るためですよ、

イバン若様は、

さ、行こう、ツキが変わってくれるといいが、

車をオフロードの轍に入れた、車輪は轍の中に深く食い込んだ、陽気に口笛を吹きながら、アクセルを踏み込んだ、

一昨日、ポーリョの境界線のところで鳥が群をなして乱れ飛んでいた、ウソじゃない、とセフェリーノが言っていたぞ、

しかしアサリアスは上の空だった、うつろな視線はフロントガラスの遥か先を見たままだった、平らな手を、ボタンが一つもついていないズボンの前開きの上に置いて動かさなかった、イバン若様は、

沈みがちなアサリアスを見ると、よけいに活発な歌曲を口笛で吹き始めた、しかし、二人が車から降りると、イバン若様は鳥の群を見て、キチガイのようになった、

アサリアス、さあ急げ、鳥の群が見えないのか、バカッ、あそこにヒメモリバトが三千羽以上集まっているぞ、すげぇーぞ、カシの林の上は鳥の群で真っ黒になってるのが見えねえのか、

慌てて猟銃と弾のケースを取り出した、腰に皮の袋を着け、狩猟チョッキのポケットにいろいろ必要なものを詰めていった、

　元気出せ、アサリアス、ばかっ、

と繰り返した、

しかし、アサリアスは平然とランドローバーのそばに道具類を積み重ねた、木の根元に盲バトの籠を置いて、斧と綱を腰に、今朝登った一番下の枝分かれまでよじ登り、イバン若様のいる下の方に体を傾けた、

　若様、籠を私の方へ下さい、

イバン若様は、ハトの籠を手に持って腕を上にあげた、同時に顔もあげた、

すると、すかさずアサリアスは、ネクタイ結びにしてある綱の輪を若様の首に、ネクタイを締めるようにして掛け、もう一方の端を引っ張って締めた、イバン若様は鳥の籠を放すまい、中のハトを傷(いた)めまいと左手で綱を払い除けようとした、それは、この時まだ事態を理解してなかったからである、

だけど、アサリアス、何をする気なんだ、ポーリョのカシの林の上には、ヒメモリバトが雲のように集まっているのが見えないのか、バカヤローッ、

アサリアスは、綱の端を頭上の枝に引っ掛け、全身の力を振り絞り、唸り声を上げ、涎を垂らしながら綱を引っ張った、イバン若様の足が地面を離れた、急に自分が持ち上げられるのを感じ、ハトの篭を手放した、そして、

こらーっ、キ、チ、ガ、イ、

掠れた声で途切れ途切れに言った、

しかし、ほとんど聞き取れなかった、そのかわり、やがて鼾（いびき）を引き伸ばしたような激しい死喘鳴（しぜんめい）がはっきりと聞き取れるようになり、ほとんど同時にイバン若様はぺろんと舌を出した、長く太い紫がかった舌だった、

しかし、アサリアスはそれには目もくれず、ひたすら綱を引っ張り、その端を自分が座っていた太い枝に結わえ付け、両手を擦り合わせた、唇は間の抜けた薄笑いを描いていた、しかしイバン若様は、イバン若様の足は、電気に触れたときのような奇妙なケイレンを起こした、まるで、独りで踊りを始めたようであった、体は宙吊りのまま、少しの間、振り子のように揺れたが、やがて動かなくなった、顎は胸に向け、目は大きく見開き、腕は両脇に沿ってだらんと垂れた、木の上のアサリアスは、ツバを噛み、虚空に向かってバカのように笑っていた、

かわいいトンビちゃん、かわいいトンビちゃん、
と機械のように繰り返した、
その時、ぎっしり固まったヒメモリバトの一群がカシの梢を掠めて羽ばたき、あたりの空気を叩いて、カシの木の中に見えなくなってしまった。

訳者あとがき

本書は、スペインのプラネタ社（Editorial Planeta）から一九八一年に初版が出されたミゲル・デリーベス作『無垢なる聖人』（原題：*Los santos inocentes*, Miguel Delibes）の一九九三年、ポケット版の全訳である。

スペイン内戦（一九三六―三九）は社会の様相をすっかり変えてしまった。内戦中に、バーリェ・インクラン、ウナムノ、アントニオ・マチャードなどの文人たちが亡くなり、詩人のガルシア・ロルカが不自然な死（一九三六年政権側の暗殺隊によって銃殺されたというのが定説になっている）を遂げ、フランコの弾圧や検閲を避けてピオ・バロッハ、フランシスコ・アヤーラ、ラモン・センデルなどが亡命し、戦後のスペイン文学はゼロからの出発となった。戦後文学の流れは、伝統の写実主義から、ペシミスモ、社会派の作品、カミロ・ホセ・セラに代表される、誇張と激しさを強調したトレメンディスモ（凄絶主義）もあったが、デリーベスは独自の写実主義を確立した。

時代設定からいえば、この作品の舞台は、作品の中でイバン若様が言及している第二バチカン公会議（一九六二―六五）直後であるが、中央から離れた地方の農園（エストレマドゥーラ）には、荘園時代の農奴の世界が存在した。作者の母は敬虔（けいけん）なカトリック教徒、父は高等商業専門学校の教授職にあって、農園に働く労務者と自身の属する中産階級との間の物心両面の落差に心を痛めていた。第二バチカン公会議は、社会の変化に呼応したカトリック教会内部の改革であった。農園主の子供の眩（まばゆ）いばかりの初聖体拝領を農園内にある教会で見て、自分も初聖体拝領をしたいという労務者の娘ニエベスの希望を、農園主子息のイバン若様や農園管理者のペドロ様夫婦は無残にも拒絶したあげく、物笑いの種にし、公会議の掲げる「信教の自由」にさえも異論を唱え、さらに農園労務者の家族を人間扱いすることも拒否する。聖体拝領は純然たる宗教儀式だが教会への儀式料、その後の親類縁者を招いての祝宴は経済的負担をともない、農園の労務者は聖体拝領を含めて祝宴行事の埒外に置かれていた。それをどうするのかと、教会と当時の社会へ問いかけているのだとも受け取れる。

農園のオーナーとその家族、管理者、ここを訪れる富裕階級は、農園を狩猟の基地として、農民に狩猟の手伝いをさせる。一方、農民はその土地と一体感があり、自然や動植物をいたわり、鳥獣と交流し、人に優しく、農園主や農園管理者に対しても異を唱えることなく、ごく自然に要望、命令を受け入れ、従順に仕える。両者が人間対人間として直接相対峙する時、価値観の相違によって齟齬（そご）が生じる。

作者は、この作品は階級闘争を意図したのかという質問に「そんな大それた意図はない。自分は写実主義の作家であって、ありのまま写実した。当時の下層階級の服従と諦めの献身はカトリック教徒としての意識を刺激したことは認めるが、政治的意図はない」と、氏は対談『ミゲル・デリーベスとの五時間』（ハビエル・ゴーニ著）の中で述べている。

なお、スペインの上流階級の間では、若い男性に特殊な敬称（señorito）を付けて呼んだが、訳文では「若様」ということにした。

スペイン語圏のノーベル文学賞といわれるセルバンテス賞受賞記念講演（一九九四）の中で、小説制作の過程に触れて「自分はそれぞれの小説の主人公として生きてきたので、自分の生（命）は生き尽くされてしまった」と述べているが、正にこれは氏の小説作法を述べたものである。作者自身が登場人物になりきり、生身の人間として、真剣に自分の考えを客観的に話し、行動し、感じ、反応し、受け答えするのを丹念に写し取っていくのである。アサリアス、ちび・パコ、イバン若様はそれぞれがデリーベス自身か分身ということになる。小説は登場人物の言動描写を離れると、自然の描写が現れ、それがナレーターの叙述（地の文）となる。

デリーベスは小説のテーマが決まると、それをどのような形で叙述するかを考えるのに時間をかける。こうして、そのテーマに相応しい形式が選ばれる。

例えば日記スタイルの「猟人日記」「ある移民者の日記」「年金受給者日記」、書簡体形式の「好色六十路の恋文」「狂人」、対談録音式の「われらの先祖の戦い」、一日の幼児の言動を、時間を追って記録した「落ちた王子様」、父親が娘に母親の死の経緯を語る「灰地に赤の夫人像」、死体との（一方的）対話「マリオとの五時間」などがある。

本書の『無垢なる聖人』（一九八一）の形式は如何とみると、六巻に分かれ、それぞれの巻で主人公が入れ替わり、独立し完結しており、六巻を合わせて複合的な一冊の本という構成になっている。文章を見てみると、それぞれの巻末に一つの終止符（ピリオド）があり、六巻で六個しかない。通常、終止符を打つべきと思われる他の箇所には、休止符（コンマ）を打つという特殊な文体になっている。終止符で意識を切るのは、各巻の終わりだけでよい、というわけである。あるべきところに終止符がないことに初めは戸惑いも感じられるが、詩文、和歌、俳句、結婚式案内状、年賀状、喪中葉書など情緒を重んじる文章には句読点を振らないことを我々は自然に受け入れており、それと似た感覚で読み進むうちに作者の意図も理解できるような仕掛けになっている。スペイン語の休止符と終止符が日本語の句読点と一致するかどうかは文法の違いもあって、一概に同じとは断じられないが、訳文ではスペイン語の終止符と日本語の句点（「。」）の数を一致させた。

デリーベスには詩作はないが、以前から詩の形式のものを作ってみたかった、本書は長いカンタータ（交声曲）を意識して書いた、と前記対談で述べている。休止符はあるが終止符が六個しかないのは、そのためということであろう。鳥を呼ぶアサリアスの呼びかけ、数の数え方、レグラの口癖「あれま」、鳥の鳴き声のオノマトペなどは、このカンタータのリフレインであろう。これらは、すべて強い印象となって読者の心に残り、時折繰り返される。

デリーベスの小説のテーマは、基本的には、身近な人々、子供、死、自然の四つだが、自然のテーマは際立っている。バリャドリードの生誕の家の窓を通して、カンポグランデ公園の緑の木立を揺籃（ようらん）

の中から見た記憶を持ち、六歳の時から狩猟好きの父と一緒に山野を駆け巡り、草木に触れ、鳥獣の動きを観察し、鳥の性質を知り、鳴き声を聞いて鳥の名前を言い当てた。長じても狩猟家として、自然の中で生活した。バリャドリードは都会だが、ブルゴス郊外のセダノという小さな村に別荘を持っていて、バリャドリードで執筆に疲れるとセダノの自然に帰っていく、という生活を送った。

『エル・カミーノ（道）』『ネズミ』『無垢なる聖人』は、デリーベスの農村三部作といわれるが、自然描写が豊富であり、植物名、動物名、特に鳥の名前の応対に暇がない。本書では「アサリアスがモリフクロウを走らせる場面の描写は美しく活気があり、魅惑的であり、自然の中で弟の幻覚に悩まされる場面は、表現力に満ち、自然の発する音さえ聞こえてくるような、羨ましい情感と優雅さがある」と詩人のフワン・カノ・コネサが『ミゲル・デリーベスの「無垢なる聖人」の研究』の中で述べている。なお、モリフクロウを走らせる話は、デリーベスの少年向けの本 *Tres pájaros de cuenta*（『問題の鳥三題』）の中に、作者自身が家族と共にセダノの別荘で経験した話として、鳥の鳴き声をまねる人間を追いかけてくる話が紹介してある。これは、自分のテリトリー確保のために、同種の他の鳥を追い払うための行動である、と氏のご長男で、動物学博士のミゲル・デリーベス・カストロの言葉として種明かしされている。

自然への愛着は環境保護運動へと発展し、一九七五年アカデミア入会に際し行なった演説は「SOS、私の作品からみた進歩の意味」という題名で、終始自然環境保護を訴えた。SOSとは、自然が直面している危機的現状を意味している。これに先立つ一九七二年にはストックホルムの環境保護会議で演説し、動物の種の絶滅や生息地の消滅というスペインの自然環境の危機を訴えた。二〇〇八年には、サラマンカ大学から「自然環境の保護者」として名誉博士号を授けられた。ゴンサレス政権下で閣僚を務め、EUの外交上級代表を務めたハビエル・ソラナ氏は「デリーベスはスペイン第一の環境保護者」と讃えた。二〇〇五年には、先述のご子息ミゲル・デリーベス・カストロ博士との共著『損なわれた地球』(*La tierra herida*)で環境問題を提起している。

デリーベスの自然描写は、細緻で活き活きと鮮やかで、眼前に景色を現出してみせる力があるとナダル賞初代受賞者のカルメン・ラフォレットが讃えているが、氏の自然愛が筋金入りである証左であろう。

狩猟は父親譲りの趣味である。本書の後半はイバン若様の狩猟がテーマである。〈私は狩猟をするモノ書きではなく、モノを書く狩猟家である〉というのは、狩猟仲間の童話作家サンティアゴ・ロドリゲス・サンテルベス氏がデリーベスについて言い出した言葉が起源とのことだが、デリーベス自身もこれを気に入り、随筆『私の戸外生活』(*Mi vida al aire libre*, Ediciones Destino, 1989)の中見出しに使っているほどの狩猟好きである。猟銃の腕も相当のもので、本書で、イバン若様が一発の弾で四羽の鳥を撃ち落すくだりがあるが、デリーベス自身は実際に三羽射止めたことがある、と前記ハビエル・ゴーニ氏に語っている。三羽が可能なら、フィクションとしては、四羽も不可能ではないということなのであろう。狩猟のテーマは、本書の他には『エル・カミーノ（道）』や『ネズミ』にも出てくる。小説『猟人日記』（*Diario de un cazador*）はスペイン語の豊饒性を広げたとして一九五五年度の国民文学賞を受けている。これ以外にも、猟や釣りに関する随筆が十一冊ある。デリーベスは、常に節度ある狩猟や釣りを主張し、無駄な殺戮、乱獲、密猟を厳しく戒めている。『ネズミ』では密猟家がニーニ少年に石を投げられて散々な目にあう。つまり、罰せられる。本書でも、乱獲のイバン若様が罰せられることになる。

「無垢なる聖人」とは、誕生間もないイエス・キリストがヘロデ王に追われてエジプトに避難した時（マタイ伝二章一三～一八）、ヘロデ王はベツレヘムの二歳以下の男の子を殺すよう命令する。こうしてイエス・キリストのため犠牲になった赤ちゃんたちを追悼するため、カトリック教会では、十二月二十八日を「無垢なる聖人の日」として、受難の儀式が行なわれる。

知恵遅れだか、悪いことはせず、せっせと無心に周りの人々のために尽くすアサリアスと、脳性麻痺で四肢がだらんとして、時折奇妙な叫び声を上げる女の子ニニャチーカの無垢を「無垢なる聖人」になぞらえて本の題名としてある。無垢なる聖人の話は、母親が敬虔なカトリック教徒だったという家庭に育ち、カトリックの学校で学んだ幼少のミゲル少年の心を痛めたに違いない。抑圧された人々に寄せる作者の同情心、親愛の情がこの題名に篭められていることを汲み取らねばならない。

本作品は一九八四年、マリオ・カムス監督、アルフレド・ランダ、フランシスコ・ラバル、テレール・バベスなどの出演で映画化され、カンヌ映画祭に出品され、「ちび・パコ」を演じたアルフレド・ランダと、アサリアスを演じたフランシスコ・ラバルに優秀男優賞が贈られ評価されたが、日本では、一般映画館での公開はされなかった。一九八四年十一月、渋谷の東急名画座で行なわれたスペイン名画祭で一度だけ上映された記録が残っている。

ミゲル・デリーベスは遺作となった『異端者』(*El hereje*, Destino, 1998)(岩根圀和訳・彩流社刊、二〇〇二)を著した後、結腸ガンに倒れ、二〇一〇年三月十二日、不帰の客となった。享年八十九歳。取り沙汰されていたノーベル賞受賞の機会が失われてしまったのは残念である。

本書の翻訳に当たっては、スペイン語の解釈で助力を得た神田外語大学の本多誠二名誉教授、早稲田大学のアルフレド・ロペス教授、さらに本書が日の目を見るまでお世話になった彩流社の竹内淳夫会長、朴洵利氏にも併せて感謝を捧げたい。

身内のこととて最後になってしまったが、姪の喜多木ノ実氏は装画を担当し、さらに本書のフランス語訳本を購入し、訳者の和訳と突き合わせ、その結果訳者は両訳の差異点の指摘を受けることができた。併せて多謝。

訳者　標

本書には、今日では用いられない・避けるべき表現を使用している箇所がございますが、作品が発表された時代の感覚を反映させるため、当時の表現のまま翻訳しました。あらゆる侮辱や差別の助長を意図したものではないことをご理解ください。

（編集部）

［著者について］

ミゲル・デリーベス（Miguel Delibes Setién）

1920年生、2010年没。20世紀のスペインを代表する作家の一人。1947年『糸杉の影は長い』（岩根圀和訳、彩流社）でナダル賞を受賞し、文壇に登場。自然の中で伸び伸びと生きる子どもたちを描いた1950年発表の『エル・カミーノ（道）』（喜多延鷹訳、彩流社）で確固たる地位を得た。以後、家族・子ども・自然・死をテーマに、独自のスタイルで数多くの作品を発表し、セルバンテス賞を始め、多くの文学賞を獲得した。時期的にはフランコの厳しい検閲（1940年～1975年）と重なるが、検閲を巧みにかわし抵抗した1962年発表の『ネズミ』（喜多延鷹訳、彩流社）や1966年発表の『マリオとの五時間』（岩根圀和訳、彩流社）などの作品もある。

［訳者について］

喜多延鷹（きた のぶたか）

1932年、長崎市生まれ。1956年、東京外国語大学イスパニア学科卒業。商社勤務35年。定年後首都圏の大学でスペイン語の講師を勤めるかたわら、スペインの小説を翻訳した。

訳書にミゲル・デリーベス著『そよ吹く南風にまどろむ』『ネズミ』『エル・カミーノ（道）』『灰地に赤の夫人像』（以上、彩流社）、『好色六十路の恋文』（西和書林）、フワン・ラモン・サラゴサ著『殺人協奏曲』（新潮社）、『煙草 カルフォルニアウイルス』（文芸社）がある。

無垢（むく）なる聖人（せいじん）

2023年2月20日　初版第1刷発行　　定価はカバーに表示してあります。

著　者　ミゲル・デリーベス
訳　者　喜多延鷹
発行者　河野和憲

発行所　株式会社　彩　流　社

〒101-0051　東京都千代田区神田神保町3-10　大行ビル6階
TEL 03-3234-5931　FAX 03-3234-5932
ウェブサイト　http://www.sairyusha.co.jp
E-mail　sairyusha@sairyusha.co.jp

印刷　㈱モリモト印刷
製本　㈱難波製本
装画　© 喜多木ノ実
装幀　宗利淳一

ISBN 978-4-7791-2838-7 C0097

【彩流社の関連書籍】

そよ吹く南風にまどろむ

978-4-7791-2671-0 C0097 (20・05)

ミゲル・デリーベス著／喜多延鷹訳

本邦初訳！　20世紀スペイン文学を代表する作家デリーベスの短・中篇集。都会と田舎、異なる舞台に展開される4作品を収録。「自然」「身近な人々」「死」「子ども」……デリーベス作品を象徴するテーマが過不足なく融合した傑作集。　四六判上製 2200円＋税

落ちた王子さま

978-4-7791-1681-0 C0097 (11・11)

ミゲル・デリーベス著／岩根圀和訳

スペイン・モロッコ戦争を背景に、子どもと大人の眼を通して複雑な家庭問題と夫婦間の微妙な関係を描く、楽しくも悲しみに満ちた物語。スペイン文学のベストセラー初訳！　末っ子の主人公キコの一日を時間にそって追う。　四六判上製 1900円＋税

糸杉の影は長い

978-4-7791-1593-6 C0097 (10・12)

ミゲル・デリーベス著／岩根圀和訳

ノーベル文学賞に限りなく近いといわれたスペインの国民的作家の「ナダル賞」受賞長編！　デリーベスのデビュー作で、彼の生涯のテーマである「幼年時代への回想と死へのこだわり」が糸杉の影に託して色濃く投影された作品。　四六判上製 2500円＋税

ネズミ

978-4-7791-1463-2 C0097 (09・09)

ミゲル・デリーベス著／喜多延鷹訳

ノーベル賞候補のスペイン文学を代表する国民作家の記念碑的な作品！　フランコ独裁政権下、作家として抵抗する作者デリーベスが、カスティーリャ地方の貧しい農村の描写を通して、その怒りを文学に昇華させたロングセラー！　四六判上製 2200円＋税

マリオとの五時間

978-4-88202-911-3 C0097 (04・07)

ミゲル・デリーベス著／岩根圀和訳

心臓病で急死した夫マリオの亡骸を前に、23年を過ごした夫婦のささやかな幸せと過ちを語るマリア……時空を越えて途切れることなく連綿と語る妻の心理を緻密に描き出し、人間の孤独に鋭く迫るスペインの人気作家の作品。　四六判上製 2200円＋税

エル・カミーノ（道）

978-4-88202-636-5 C0097 (00・02)

ミゲル・デリーベス著／喜多延鷹訳

現代スペイン文学を代表するデリーベスが文壇の地位を獲得した記念碑的青春小説。主人公ダニエルを中心に山村に暮らす少年少女たちの素朴な日常生活を通して、人間の本質を暖かい眼差しで描く。　四六判上製 2200円＋税